腰痛探検家

高野秀行

集英社文庫

目次

腰痛探検家

前口上

私は腰痛持ちである。

本格的に「発病」してから今の時点で約三年半を数える。その間、起きているときはもちろん、眠っているときでさえ常に脳の三割くらいは腰痛について考えている。もちろん深い考察ではない。「あー、いてえなあ……」という一言がぐるぐると走馬灯（なんて見たことないけど）のように回っているのだ。もう死期が近づいているのではないかと錯覚することもあるくらいだ。

腰痛になってからろくなことはない。私は「辺境作家」を自称している。アジア、アフリカ、南米などの辺境地を旅したり「探検」の真似事《まねごと》をしたりし、その記録を文章にとどめることを生業《なりわい》としている。

ところが今やほんの一時間程度、立ったり歩いたりするだけで辛《つら》い。自分の足で密林を歩くことも少なくない辺境取材には重大な支障をきたす。取材に行けなければ原稿も書けないから、作家生命の危機である。

いや、その前に日常生活に支障をきたす。毎日、妻に「腰が、腰が」と愚痴をこぼすので疎まれる。洗濯物干し、風呂《ふろ》洗いや古新聞のゴミ出し、掃除機かけ、皿洗いなど、なぜか家事は腰に悪い前かがみ姿勢の連発なので、今まで以上に敬して遠ざける。妻は当然不機嫌になる。家庭生活の危機だ。

なのに、多くの場合、さして同情されない。作家生命や家庭生活の危機はあっても生物的な生命に差し支えはないからだ。「腰痛の人、多いよねー」と軽く流されたり、「まあ、死ぬわけじゃないし」と突き放されたり、「辺境作家がそんな年寄りじみたこと言ってなさけない」とトドメを刺されるケースもある。

かといって、同情されたいのかというと、それもちがう。「ほんとに大変ですね……」といきなり深刻になられると「いや、別に死ぬわけじゃないし」とへらへらしている自分がいる。たかが腰痛なのだ。ガンや白血病のように大袈裟《おおげさ》に同情されると、自分が「痛い！　辛い！」と大騒ぎしているようで赤面する。

たまに「私も腰が痛くて……」という同志を発見すると嬉《うれ》しくなり、それまで全然親しくなかったのにいきなり意気投合することもあるが、その関係に嫌気もさす。一方で、そんな人が「あ、私、いつの間にか治っちゃったんですよ！」などと嬉しそうに報告してくると、「よかったですね」のかわりに、「この裏切り者！」と口走りそうになる。

なんだろう、この微妙でイタイ心の揺れは。そして、あるときふと気づいたのである。

「これは恋の悩みにそっくりじゃないか」

失恋や片思いは死ぬほど辛い。でも死にはしないから本気で同情されることは少ない。もし本気で同情されるとかえってみじめになる。失恋仲間と傷をなめあったあとはため息が出て、その失恋仲間がハッピーになると祝福よりも嫉妬《しっと》の炎が燃え上がる。

腰痛に悩む者は恋に悩む者と同じ程度に孤独なのだ。そして、恋に悩むと人間が変わるように、腰痛になると人間が変わる。見える世界も激変する。

有史以来、世界でどれだけの腰痛持ちが誕生し、今現在も全世界で、日本全国でどのくらいの腰痛持ちがいるのか見当もつかない。「膨大」としか言えない数だろう。きっと恋に悩む者と同じくらいの数がいる。しかし、古今東西でさんざん恋愛について語られてきたのに腰痛について語った本はいくらもない。

もちろん、「こうすれば腰痛は治る！」とか「腰痛の原因はすべて○○だった！」という類《たぐ》いの本は掃いて捨てるほどあるし、中にはけっこう考えさせられるものもあるが、「腰痛になると世界がどのように見えるか」とか「腰痛に絶望したとき人は何を考えるか」なんて書いてある本は見たことがない。

恋愛では千年以上も前から「恋愛小説」というジャンルが存在し、迷える人に希望を与え、絶望に苦しむ人には「あなただけではないのですよ」と共感のメッセージを送ってきた。なのに、なぜ「腰痛小説」は一冊たりともないのか。

腰痛持ちの感性と思考回路は独特である。腰痛持ちを取り巻く環境も独特だ。少なくとも腰痛世界を〝探検〟してきた私はそう思う。しかし、それが普遍的なものなのか私個人の特殊な体験なのか、他《ほか》に事例がないから判断もできない。そこで私自身の腰痛探検を私小説ばりにセキララに語り、世の腰痛人間に問いかけたい。

もし私の体験が全国数百万（？）の腰痛持ちの道標《みちしるべ》になるならこれ以上の喜びはないし、もしそうならなくても、トンチキな中年男の腰痛騒動は、トンチキな中年男の失恋騒動と同じくらい面白いにちがいない。

腰痛の人もそうでない人も楽しめること請け合いだ。私が自分の体を張って書き上げた、まさに「腰砕け巨編！」を堪能《たんのう》いただきたい。

プロローグ

ある説によれば「厄年」とは単なる迷信ではなく、それくらいの年になると人は心身の調子を崩すという経験則に基づくものだそうだ。

ほんとうかどうか知らないが、私が腰痛世界に遭難した（正確には「遭難しているのに気づいた」）のはまさに「厄年」のことだ。数えで四十二、満にして四十歳の春だった。

春といっても三月の初旬で、昼間は少しポカポカしても、日が暮れると俄然《がぜん》寒い。セーターとジャージを脱いでTシャツ、短パンに着替えると、準備運動で体を温めていたにもかかわらず、冷風にざわっと鳥肌が立った。

場所は青山《あおやま》墓地の隣にある青山公園。私はブラインドサッカーの体験取材に来ていた。

ブラインドサッカーとは目の見えない人が鈴の入ったボールを追いかけてプレイするサッカーである。目の見える人でもアイマスクをつけて条件を等しくすれば一緒にプレイできる。

数年来の友人であるスーダンからの留学生で視覚障害者のアブディンがこの競技にハマっており、「一緒にやろうよ」と誘うので何回か練習に加わったことがある。あくまで遊びとしてだ。だが、この日の練習は意味合いがちがっていた。「取材」のつもりだった。

私のモットーは「誰《だれ》も行かないところに行き、誰もやらないことをし、誰も書かない本を書く。以上」である。それを実現するため、これまで二十年以上、世界の辺境地を訪ねて歩いてきたが、最近もっと身近に〝未知なる世界〟があるのではないかと考えるようになった。

そして思いついたのが目の見えない人の世界の「探検」だ。彼らの感じる世界はどうなっているのか、彼らの考え方や行動の仕方はどうなっているのか。日常生活は無理だが、ブラインドサッカーを一緒にやることでそれを体感しようというのが私の目論見《もくろみ》だった。画期的なテーマであり、画期的な本が書けるにちがいない。私はひどく興奮した。これから一年くらいはブラインドサッカーに専念したいと思うほどの気合の入り方だった。今日がその記念すべき初日なのだ。

「高野《たかの》さーん、入って下さーい！」

「はーい！」

基本練習を終えたら、いよいよ実戦練習だ。私も呼ばれて、布製のアイマスクを装着し、片方のチームに入った。

目が見えないというのはほんとうに怖い。両手を前に出し、へっぴり腰のまま、そろそろと歩いた。誰か人の気配を感じると、ビクッとしてバランスを崩し、よろめく。他の人たちも目が見えない。多少見える人もみんなアイマスクをつけている。つまり、「全員がスイカ割り状態」なのだ。地面に置かれたスイカを一人で探すだけでも腰がひけるのに、それがみんなでサッカーをするというのだから尋常な恐怖ではない。

だがこんなところでぐずぐずしているわけにはいかない。まだ誰も手がけたことのない、素晴らしいテーマをきちんと体験し、誰も書いたことのない本を書くのだ。チャラチャラチャラ……と、ボールの中に入っている鈴の音が近くなったり遠くなったりしている。

目をつぶって、いや目はもともと見えないから、気持ちのうえで目をつぶって、鈴の音に向かって思い切りダッシュした。傍《はた》から見れば幼児が小走りになっているくらいだろうが、私としてはダッシュのつもりだ。

ボール、人、地面が激しくこすれあうような音が聞こえる。足、肩、手が味方か敵かわからない相手にガツガツとぶつかる。誰かがボールを蹴《け》り、また鈴の音が遠ざかる。脳内物質が出ているのか、恐怖心は消えていた。棒を持たないスイカ割り体勢のまま、夢中でその方向に再度ダッシュした。

走るたびに、腰を中心に背骨と股関節《こかんせつ》が太いワイヤーでぐるぐると締め付けられているような痛みが出だした。嫌な予感がしたが、気持ちがハイになっているので無視してつづけた。三度目か四度目にダッシュしたときである。

小さなぎっくり腰が同時多発したような衝撃に襲われた。背骨と股関節にからまったワイヤーの両端をどこかの大男にでも思い切り引っ張られたような、骨も筋も引きちぎられるような痛みだった。

「うぎゃあ！」

断末魔のスイカ割り、なんてものがいるかどうか知らないが、もしいるとすれば、そのときの私にちがいない。腰に手をあててもがき、それからやっとアイマスクをはずした。

腰をかばいながらゆっくりとコートの外へ出て、地面の上にそろそろと尻《しり》を落とした。すでに目は見えているのに、いまだスイカ割りのような動きだ。

私の腰痛は今に始まったものではないが、こんなひどい痛みは初めてだ。ちゃんと準備体操から順を追って体をほぐし、練習でも幼児の小走りくらいなのだが、まるで起き抜けにハンマー投げをしたかのような「とてつもない無理をしてしまった」という感触が体にくっきり残っている。

しばらく体を休めていたら痛みは少し引いてきた。だがとても練習を続けられないので、一足先に公園を引き上げた。よろよろとスイカ割り歩きのまま電車に乗ったものの、電車の振動だけでも体の芯《しん》に響き、とても立っていられない。周囲の目を憚《はばか》る余裕もなく、手すりにだらんと両手でつかまった。まるでテナガザルのようだ。スイカ割りからサルになるとは、さらなる退化だ。

「俺《おれ》は大変なことになっている」テナガザル体勢のまま思った。「本気でヤバいぞ……」今さらと言うしかない。

腰痛はそれより五、六年前、おそらく三十代半ばから間欠的に起きている。最初は朝起きると、腰が重いというかだるいという程度だった。椅子《いす》にかけて仕事をしていても、電車で立っているときも、腰が痛い。いや、「痛い」というほどはっきりしたものではない。腰から背中にかけての筋肉がちょっと不揃《ふぞろ》いになったような、落ち着かない感触だ。

なんとなく腰に手をあてたり、ツボを手で探って押してみる癖ができた。ツボを押したときはちょっと楽になった気がするが、五分もたつといつの間にか顔をしかめながら再び手がツボを探している。

初めは体を休めていると何となく治っていったが、やがて放《ほう》っておいても治らなくなり、中国人の先生がやっている整体院に通うようになった。たいてい三回か四回行くと、だんだん気にならなくなり、忘れてしまう。調子のいいことに、自分がかつて腰痛に苦しんだという記憶もなくなる。

ところが三十八歳の夏に何の前触れもなく始まった腰痛は、いつもとちがった。それまでは背骨の両脇《りようわき》の「筋肉」が痛かったのだが、差し込むような痛みが背骨の中心にくる。剝《む》きだしの神経を金属でこすられているような、ひどく危険な感触を伴う痛みだ。

これが本格的腰痛の始まりだった。

整体に行ってもさっぱりよくならない。近所の整形外科のクリニックに行って診《み》てもらったが、「医学的な異常は見当たらない」とのことだった。

以来、いろいろな治療を試してきた。その整形外科クリニックで電気や温熱などの保存療法を受け、あちこちの中国整体院に通った。「名人」と紹介された空手の先生に診てもらったこともあれば、ブラインドサッカーに私を誘ったアブディンが鍼灸《しんきゅう》の免許を持っているので、彼に鍼《はり》を打ってもらったこともある。

　痛みは季節や時期を問わずやってくる。ベトナムやカンボジアなど、旅先や取材先でマッサージに駆け回ったこともある。

　だが、どこに行ってもよくならない。というより痛みが増すばかりだ。

　毎朝、腰の痛みで目が覚める。「いててて！」と慌てて、しかしそろそろと起きあがる。洗面所で顔を洗うときもズキッとくる。

　座っているときはまだいいのだが、突っ立っていたり、ぶらぶら歩いたりするのが辛い。電車で立っているとか、書店で本を物色していると、たちどころに腰から背骨にエイリアンか何かがとりついてチュウチュウ髄液を吸っているんじゃないかと疑うような、いても立ってもいられない痛みに襲われる。

　もはや頭の中ではいつも「腰痛」の二文字が浮かんでいる。

　私は手帳に毎日「一行日記」をつけている。「イシカワと新宿《しんじゅく》で久しぶりに痛飲」とか「アフガニスタンの原稿進まず。この構成案、失敗か」など、日々の簡単な行動と感想を記録するものだが、だんだん「腰痛ひどし」「整体院に行くが効果感じられず」「朝から痛みひどい。何もやる気なし」などの記述が増えてきた。さらに症状が悪化すると、〇とか×とか△という印をつけるようになった。腰痛の状態である。

×△や×××といった悪さの程度を細分化した記号や、「左強」(腰の左側が特に痛い)とか「朝鉄」(朝、腰が鉄板のような感じ)という暗号みたいな但し書きもつけるようになった。もし私が殺害されて刑事がこの手帳を調べたら、途方に暮れること間違いなしである。

記録の厳密性を求めるあまり、常時頭の中で「今は×かな？　××に行ってるかな？」などと悩み、わざわざ前かがみになったり、指で痛む箇所をぐいぐい押したりして痛みを確認するのに熱中した。

その一方で、矛盾する話だが、自分が腰痛持ちだと思ったことが一度もなかった。「俺の腰痛は大したことがない」と信じて疑わなかった。なにしろ真剣に腰痛を治そうと思ったことが一度もないのだ。腰痛は年寄りのトラブルと馬鹿《ばか》にしてさえいた。

では自分のこの腰痛は何かというと、「一時的なもの」「ちゃんと治療すればすぐ治る」と思い込んでいた。太っている人が自分の標準体重を十キロもオーバーしていても「一時的なもの」「ダイエットすればすぐ痩《や》せる」と思っているのに似ている。現実を直視しないという長年の性癖に由来するものだろう。

この現実無視は度し難かった。本格腰痛勃発《ぼっぱつ》から一年半がすぎた四十歳の冬、普通に歩くのも辛いのに、二ヵ月かけて東京から沖縄まで自転車で旅をしてしまった。自転車の姿勢は腰に比較的ラクなのでできたことだが、それでも腰痛持ちが真冬に二千五百キロも走るのは無茶だった。

ときには雪がちらつく山を一気に下って急速冷凍されかかったし、朝起きたときは腰がほんとうにカチカチに固まって、おばあさんのように体をL字に曲げないと出発の準備ができなかった。ついには痛みに我慢できず、台湾《たいわん》まで渡りたかったのを我慢して東京に帰ってきた。

そしてその二日後、旅を終えた高揚感に任せて、普通のサッカーもやったことがないのに、見えないサッカーに挑戦してしまった。腰痛のことはすっかり忘れていた。いや、忘れようとしていた。

だが、もはやそんな現実逃避は許されない。サッカーは単なるきっかけにすぎない。問題なのは、ちょっとした運動もできない体になってしまったこと、取材もおぼつかない状態に陥ってしまったことだ。このまま放置しておいたら、永遠にスイカ割りかサルのまま人生が終わってしまうかもしれない。

私はもう昔の自分ではないのだ。そう言うとなんだか以前の自分がさぞかしすごい人だったみたいだが、いや、ほんとにすごかった。二足歩行ができ、走ったりジャンプしたり、本屋を三時間もうろついたり、十五時間ぶっ通しで寝たり……と今から思えばまるで超人のようだった。少なくとも普通の人間がやれることはなんでもできた。

昔の輝ける自分は、腰痛のない世界、「非腰痛世界」の住人だった。そこは明るい光が満ちた文明世界であり、理屈が通っていた。鍛えれば体力がつき、やろうと思えばどんなことでも挑戦することができた。実際には鍛錬も挑戦もちゃんとやったのか大いに疑問だが、理論的には何でもできたのである。

しかし今はちがう。いつの間にか「腰痛世界」という得体の知れない秘境に迷い込んでいる。わざわざ好奇心に駆られて目の見えない人の世界を探検している場合ではない。未知なる世界はここにあった。否《いや》も応もなく。

どうやらこの秘境は生半可なものではなさそうだ。今までのように、近所の整体院や知り合いの鍼でお茶を濁している場合ではない。その手の治療院は「非腰痛世界」の住人が日曜日のハイキングで使う観光マップのようなものだ。健康な人の一時的な腰の疲れなら、その程度のヒントで無事に「町＝非腰痛世界」に帰れるだろう。だが私のように本格的に腰痛世界で遭難している人間、いや人間未満の者はとてもそれで済まされない。

もっと本格的に治してくれるところを探さなくては。一刻も早く正しいルートを見つけて、元の輝ける「非腰痛世界」に戻らねば。なつかしの我が家に帰るのだ。昔のアニメ「妖怪《ようかい》人間ベム」のセリフじゃないが、「早く人間になりたい」なのだ。

私はこうして腰痛世界の探検に乗り出して行ったのである。

第一章　目黒の治療院で〝ダメ女子〟になる

1．ザイル発見！

いい治療院もしくは先生はどこにいるのか――。

それが真っ先にぶち当たった問題だった。

「腰痛世界」からの脱出を真剣に考えたものの、じっくり一歩ずつ山を登って谷を越えて――というつもりは毛頭なかった。腰痛を甘く見ていたわけではない。「早く治したい」という思いばかりが先にあったのだ。

この腰痛世界がどんな地形なのか不明だが、例えばザイルを一本垂らして、そこを懸垂下降で一気にくだって元の「非腰痛世界」に戻れるというのが望ましい。なんせすでに何年もの時間と労力を無駄にしているのだ。そして腰痛治療が長引けば、せっかく自転車旅で蓄えた体力がむざむざ失われてしまう。

そこで多少お金はかかっても劇的に効く治療院なり先生を探すことにしたのだが、

手元には何も情報がなかった。

当時はまだ自分が腰痛であることを人に話していなかった。「辺境作家としてあるまじきこと」と恥じていたからだ。こっそり治療に励み見事に治ったあとで、「いやあ、あのときは参ったね」と軽く言ってのける――というのが、理想の筋書きだった。おかげで相談相手もいなかった。

とりあえず、カメラマンの知人に電話で訊《き》いてみることにした。前に「腰痛や肩こりはカメラマンの持病」とその人が言っていたのを思い出したからだ。きっと腰痛世界に詳しいにちがいない。

さて、カメラマン氏の言うところでは、「今思いつくのは二ヵ所だね」という。

一ヵ所はその人の自宅付近でいちばん安い整体系の治療院。その人の知り合いが一発で治ったというがあくまで伝聞の情報である。もう一ヵ所はカメラマン氏本人が通い、かなり効く治療院。でもそこは極力行きたくないと彼は言う。

「悪い霊が憑《つ》いているって言われるんだ」

うーん、と電話を切って考え込んだ。どちらも微妙だ。かなり効くけど悪霊の話を聞かねばならない治療院と、効き目のほどは不確かだが安い治療院。「迷ったときは面白そうな方」を選ぶ習癖から一度ふらっと悪霊系に傾きそうになったが、今は遭難中の身の上である。面白がっている場合ではない。慎重を期してインターネットで検索してみた。

すると悪霊系はホームページも何もなかったが、普通系はちゃんとホームページが現れた。ただしカメラマン氏の話とはだいぶちがう。

ホームページは女性を意識した、清潔で洒落《しゃれ》たデザインだった。場所が目黒《めぐろ》にあるので「目黒治療院」と呼ぶことにする。カメラマン氏は「安い」と言っていたが、ホームページでは一回六千円と記されている。話の倍の値段だ。カメラマン氏の勘違いだろうか。でももしかすると、最初は安かったが、どんどん評判が広まり、お客(患者)が集まって料金も値上がりしたのかもしれないと私は好意的に解釈した。

ホームページの「体験談」コーナーに、「どこに行っても治らなかった腰痛が一回で劇的によくなり、三、四回でほぼ完治してしまいました」なんて例がいくつも書かれていたからだ。

なにより〝非腰痛世界へ一瞬で戻るためのザイル〟という当初のイメージにぴったりだ。

「このザイルを手放してなるものか!」

瞬間的にそこに行こうと決意した。もともと安い方がいいと思っていたわけじゃない。値段よりもすぐ治るところに行きたかったのだ。三、四回で治れば多少高くてもいい。高い方がよく治るような気もする。

電話をかけてすぐに予約した。「何曜日の何時でもいいからできるだけ早く」と言ったら、翌日の夕方がとれた。

JR目黒駅で降りて、地図を見ながらおぼつかない足取りで西方向に進む。腰も痛いうえ、目黒なんぞめったに来ない場所だから土地鑑もない。道に迷い、ぐるぐるまわってしまう。体が冷えてきて、色褪《いろあ》せたダウンジャケットのファスナーをいちばん上まであげる。

「俺、何やってるんだろう……」と早くも気が滅入《めい》ってきた。

ただ、五時をだいぶ回っているのにまだ明るい。西日のまぶしさだけがもうすぐ本格的な春が来ることを約束しているようで、落ち込みがちな気分が慰められた。

ようやく発見した治療院は真っ白な十階建てビルの最上階の一室にあった。靴を脱いであがると、またもや腰がひけた。かなり広いスペースに寝台が二つ並んでいる。白衣を着た先生が二人、患者らしき人の体を押したり引っ張ったりしている。

先生のうち、一人は年配で、もう一人はかなり若い。

高級ホテル並みに清潔な室内は、籐《とう》の椅子や麻布のカーテンなど、俗にいう〝アジアンティスト〟なインテリアでまとめられており、棚の上には水晶のネックレスや石が飾られ、音量を絞ったモーツァルトのホルン協奏曲が流れていた。

いかにも「癒《いや》し系整体」という空気がみなぎっている。悪霊系ではないが、スピリチュアル系に来てしまったのかもしれない。

上品な服装の年配女性が籐の椅子に座って待っていた。私も隣の椅子に腰掛けたが、どうにも居心地がわるい。「場違い」の一言に尽きる。

戸惑っているうちに順番が来て、麻のシーツを敷いた固めの寝台に仰《あお》向《む》けに寝そべった。担当するのは若い方の先生だ。まだ三十そこそこだろう。小柄で色がちょっと浅黒く、ぺったりした黒髪がややカールし、優しそうな微笑をたやさない。中南米や東南アジアの好青年を思い出させる。

彼は私の両足を曲げ伸ばししてから、股関節の筋を手でさわる。かなり恥ずかしい体勢だ。

しばらくして若い先生は言った。

「これは股関節からくる腰痛ですね」

「股関節ですか？」

意外だった。腰と尻から右足にかけての坐骨《ざこつ》神経痛的な痛みはあるが、股関節はなんともないからだ。でも先生によれば、「股関節の筋肉が緊張して硬くなり、腰が引っ張られている」という。

先生は解剖用の人体模型を持ってきて説明してくれた。なるほど、腰から股関節にかけて太い筋肉がつながっている。

「他のところでは腰が痛いというとすぐ腰そのものに原因があると言うんですが、実は股関節が原因ということがすごく多いんです」とのことだ。

そのまま治療に入った。やはり仰向けになったまま、カエルのように足を曲げて宙に浮かせ、先生が膝《ひざ》のところを摑《つか》んで前後左右に動かす。なんだか「操られている」という感じだ。そのあと、鼠蹊部《そけいぶ》を人差し指と中指で軽く触れながらやはり足を動かす。

痛くないどころか、刺激を受けている感じすらない。狐《きつね》につままれたような気分だが、「それがいいんです」と先生は言う。

「脳は刺激を受けると強く反応する癖をつけます。だから押したり揉《も》んだり叩《たた》いたりするのはよくないんです」

そんなようなことを言うのだが、なにしろメモもとれないし、よくわからない。

肩や首、顔も引っ張ったり回したりしたが、こちらもごく軽く動かすだけである。

二十分ほどで施術は終了した。

立ち上がってみると、重だるかった腰が少し軽くなっている。私がまだ納得しかねた表情をしていると、先生は「大丈夫です。よくあるケースです。すぐよくなります」と穏やかな口調で言い切った。

そして「腰の調子を確かめないで下さい」と注意した。「痛いかどうか曲げたり伸ばしたりということをみなさんやられるんですが、これは脳に痛みの記憶を呼び起こす作用があるからよくないんです」

よくわからないまま、「はい」とうなずいてお金を払った。
六千円を差し出したとき身を切られるような痛みを感じた。自転車旅の最中でも安ければ一泊三千五百円で宿に泊まることができた。六千円とは、一泊して朝飯夕飯分を払ってもお釣りがくる。いや、タイやインドなら一週間の宿代になる……と思ってしまう。これも脳の痛みの記憶だろうか。
「せこいことを考えるな。これで腰痛を治すのだ」私は貧乏性の自分の脳にきつく言い渡した。

目黒駅までの道を歩くと、たしかに来たときより腰は軽くなっているが、痛みが中心、腰椎《ようつい》（背骨）に集まっているような気もする。

不安にならないでもなかったが、「すぐ治る」という言葉と、意外とスピリチュアルでなく解剖学や西洋医学にものっとった治療法らしいことが、私の気を強くさせた。自分もすぐにホームページに治癒体験談を寄せていた人たちと同じように、すんなりと元の世界に帰れるという手ごたえを感じていた。

2．姿勢が悪い

目黒治療院のホームページにどんな体験談を書こうかと、頼まれもしないのに考えていた私だが、二週間たっても書く機会は訪れなかった。

三回か四回で治ると聞いていたのに、六回通っても腰はどうも全快には程遠い。治療を開始して十日でいったん痛みが劇的にひいたが、喜んだのも束《つか》の間《ま》、すぐに痛みがぶり返した。私の腰痛はいちばん痛むポイントがうつる。あるときは背中に近い方だったり、あるときは腰の中心、つまり背骨とズボンのベルトが交差するあたりだったり、またあるときは腰周り全体に鉄板が入っているような感触だったりといろいろだ。

だからどうもはっきりしない。通いはじめる前よりは若干よくなった気もするが、全然変わらないような気もする。どちらにしても「全快には程遠い」のはまちがいない。

私を担当するのは例の南方系の若いハンサムな先生だ。ここには先生が二人いて、年配の先生がこの治療院の院長、若い彼は院長の息子だという。院内では「若先生」と呼ばれていた。

若先生は、「姿勢が悪いんですよね」と指摘した。私の立ち方はSの字だという。後ろにそっくり返っているくせに猫背で、膝が曲がっている。

「ちょっと歩いてみて下さい」というので、広くない室内を何度も行ったり来たりしてみる。

「なるほど、忍者歩きですね」先生は言った。

「忍者？」なんだか少しかっこいいなと思ったら、「〝泥棒歩き〟とも言いますけどね」先生はあっさりと呼び名を変えた。私の歩き方は重心が後ろにあるという。忍者でも泥棒でも同じだが、要するに「抜き足、差し足、忍び足……」といういかがわしい歩き方だというのだ。

ただし、自分ではそんな歩き方をしているという自覚は全くない。言われても「そうですか？」と首をひねるのみ。ましてや、なぜ忍者や泥棒みたいな後ろめたい歩き方になるのか理解不能だ。もしかして、「辺境作家」などといういかがわしい生き方に関係があるのだろうか。

家に帰り、妻に歩き方を見てもらった。

治療院よりさらに狭いうちの居間で歩いてみせるのは難しい。

「よくわかんないね」妻は首を傾《かし》げる。

「ちゃんと見てよ」

「だって、三歩か四歩で終わっちゃうんだから」

十回くらい往復すると妻が「あ、わかった！」と頓狂《とんきよう》な声をあげた。

「これ、ビーサンの歩き方じゃない！」

「ビーサン？」

私は長年、ビーサンことビーチサンダル（あるいはゴムぞうり）を愛用している。ビーサンはシンプルで楽だ。靴下もいらない。洗う必要もない（と思っている）。日本はもちろん、コンゴでもアマゾンでもミャンマーでも、よほどちゃんと歩くとき以外、ずっとこれで通してきた。

このビーサン、要するに「つっかけ」なので、足を高くあげることはできない。テキパキと歩くのも難しい。基本的に引きずって歩く。見るからに、のろのろ、だらだらである。

忍者（泥棒）歩きが「そろそろ」なら、ビーサン歩きは「だらだら」。同じ後ろ重心にしても、雰囲気はかなりちがう。ビーサンは、お気楽な生き方の象徴でもある。お気楽な生き方をしていたら、いつの間にか腰に負担がかかっていたのだ。

ほんとうに生き方に関係があった……。

二重に愕然《がくぜん》とする思いだ。というのは私にはもう一つ、姿勢に関する問題があったからだ。

本格腰痛が始まってから数ヵ月後、年齢でいえば三十九歳の冬、強い痛みをかかえたまま、インドに謎《なぞ》の怪魚ウモッカというのを探しに出かけた。ところが、あろうことか過去の不行跡が露見し入国を拒否され、そのまま空港に拘束されてしまった。空港の出発ロビーに閉じ込められた私は毎晩、大きなソファを二つくっつけ、そこに胎児のように丸くなって眠った。

すると奇跡が起きた。釈放されたのではない。三日もしたら腰痛が治ってしまったのだ。思い当たるのは「寝方」しかなかった。

私はかつて長いこと、三畳一間のアパートに暮らしていた。布団を敷くスペースなどないから寝袋生活だ。寝袋というのは体が曲げにくい。必然的にいつでも「仰向け、まっすぐ」という姿勢で寝る習慣がついてしまった。寝返りも打ちにくいのでほとんど打たなくなった。しかも毎日十時間以上もその姿勢で眠っていたのだ。

この寝相は辺境の旅でも役に立っていた。村の狭い家やテント泊や野宿など、やっと体一つ分しか寝場所がないことはよくあるからだ。

さすがに結婚してからは普通に布団で寝るようになったが、それでも寝方は変わらない。私が昼でも夜でも平気で惰眠をむさぼるのに妻は驚いていたが、いつ見ても「仰向け、まっすぐ」の姿勢で寝ているのにも驚いていた。「きちんとしてるのは寝てるときだけ」というのが妻の私に対する結婚後の感想である。

どうやらその姿勢が腰にひじょうに悪かったらしい。胎児のように丸まったら治ってしまったのだから。

そこで腰痛はいったん全快したように思えたのだが、十数年かけて培った習慣はそう易々《やすやす》と改まらない。丸くなろうとしても、横向きに寝ようとしても、形状記憶合金のように体がピンと跳ねて、「仰向け、まっすぐ」に戻ってしまうのだ。寝返りを打たないのも相変わらずで、ときどき夜中に目を覚ましては意識して体を動かすが、これは寝返りとは言わないだろう。

「寝相は悪い方がいいんですよね」と目黒の若先生も言う。「寝返りを打ったり、手足をあちこち伸ばすことで、凝り固まった体を無意識のうちにほぐすんですよ」

言い換えれば、私は就寝中にその〝自律整体〟ができていないということだ。

「ビーサン歩き」にしても「寝袋式就寝法」にしても、いずれも早稲田《わせだ》の三畳間に住んでいたとき、じっくりと熟成させるように身に付けた習慣である。

「姿勢というのは長い間の習慣ですからね、変えるのも時間がかかりますよね」と若先生は言った。

「これまでのいい加減な生活のツケがまわってきたってことね」と妻は先生の言葉を現代口語に訳した。

人間は過去の積み重ねなのだなと実感してしまう。

「あの頃《ころ》、ちゃんと靴をはいて歩き、布団に寝ていたら、今こんな苦しみは味わわなくて済んだものを」などと後悔するが、詮無《せんな》いことである。

今さらながら、姿勢を正す努力を始めた。

椅子に腰掛けるときも、歩くときも背筋を伸ばそうとした。だが五分もすると背中から腰が痛くなってくる。しかも、自分では伸びているつもりなのに、妻によれば全然伸びていないという。姿勢が悪い人間には「姿勢のよい状態」が経験としてわからないのだ。

寝るときは姿勢がよすぎて、起きているときには姿勢が悪い。どうしてこうなるのか。反対にならないのか。

姿勢、姿勢……と唱えて、常に背中や腰の位置を確認する。

外出するときも、うちの前で息を整え、まずまっすぐに立つ。そしてその姿勢をキープしたまま、ゆっくりと足を踏み出すが、左右の足を交互に出すとどうしても、体は揺れる。前後にももちろん揺れる。だいたい、そんなに厳重な注意を払っていると、二足歩行ロボットのようなぎこちない歩き方になってしまう。

何度も立ち止まって、姿勢を整え、また歩き、また立ち止まる……。

平日の昼間、忙《せわ》しげに行き来する人ごみのなかで、私だけが眉間《みけん》にしわを寄せながら、進んだり止まったりを繰り返す。そして気づくと背中から腰にかけて、カチカチに凝っており、どうにもこうにも痛い。思わず電柱に寄りかかった。

――おかしい……。

懸垂下降で脱出するはずが、いつまでたっても地面に着地しない。それどころか、深い泥沼にはまっているような嫌な予感がぴちゃぴちゃと胸の中をひたした。

3. ダメな女子になった気分

朝、目が覚めた。

そろそろと体を動かし、いったんうつぶせの姿勢になってから、膝を立てて起きようとした。

「いててて！」

やっぱりダメだ。もしかしたら今日は治っているかと淡い期待を抱いたのだが。洗面所に行き顔を洗う。水をすくった両手を顔にあてようとして、また「いててて！」。やっぱりダメだ。前に屈《かが》むと腰がビリビリする。軽く膝を曲げた。

――全然よくなってない。今日こそはやめよう！

洗面所の鏡に向かって決意した。自分を睨《にら》みつけながら。

目黒治療院に通いはじめてから、一ヵ月がたっていた。桜がつぼみをつけ、開花し、美しく散り、今は青い若葉をすくすく伸ばしている。しかし待ちに待った春は、桜にはやってきても私の腰にはやってこない。どこで何をしてるんだ、春。

「できるだけ続けて通った方が治りが早い」と言われていたので、忠実にその言葉にしたがい、通院回数は十五回を超えていた。
三、四回で治るという若先生の予言は見事にはずれ、腰痛は依然変わりない。いや、変わりないわけではない。ときどきはよくなる。軽くなる。でもちょっとした拍子に、例えば、古新聞を片付けてゴミの集積所に持って行ったり、ウォーキングをしてみたり、あるいは腰に負担をかけまいと姿勢を正してしばらく椅子に腰掛けていたり……つまりいつもとちょっと違う動きをすると、とたんにズキッとくる。伸ばしたバネがびよーんと戻るように、腰は元に戻る。
「絶対におかしい」再び思う。「今日かぎりで目黒はやめよう」

十一時に予約が入っているので一時間前に家を出る。駅に着き電車に乗ると、反射的に空いている席を探す。ない、ない、ない……あった！

わずかに空いたスペースに素早く近づき、ぎゅっと無理やり尻をつっこむ。以前、そういうおじさんやおばさんを見て、「ああはなりたくないもんだ」と冷笑を浴びせていたが、早々と「ああ」になってしまった。

しかたない。とても二十分も立っていられないのだから。

山手線《やまのて》に乗り換え、目黒へ。駅から歩いて行く段階で再び戦闘モードに入る。

ちきしょう、これ以上騙《だま》されるか！

エレベータであがり、十階。治療院に入ると、いつものようにホルン協奏曲がかかっている。なぜかこの曲をきくと、すーっと戦闘意欲がダウンする。モーツァルトがそういう意図で作曲したんじゃないかと思うくらいだ。

しかし今日の私はモーツァルトなんぞにごまかされない。更衣室でジーンズをジャージに着替えて、待つ。

「高野さん、どうぞ」担当の若先生が声をかける。「若先生」の呼び名どおり、いつもの爽《さわ》やかな笑顔を浮かべている。

「はい」

返事をしてベッドに横たわる。

「どうですか？」足の長さをはかりながら、若先生が訊く。

「うーん、やっぱり痛いですねえ」思いきって言う。

かなり批判的な口調で言ったつもりだが、若先生はまったくこたえた風情もなく、

「長年積み重なってきたものですからねえ」と諭すような口調で応じる。

「もっと早く治るかと思ってたんですが……」負けじと踏ん張るが、若先生はまた微笑を浮かべた。

「個人差がありますから。高野さんは相当無理をしてきたんですよ。そう思いませ

ん？」

　考えてみれば、私も今まで頑張ってきた。山奥の村で草むしりを三ヵ月もやったり、ジャングルを二ヵ月も歩いたり、とほんのたまに頑張ったことだけが脳裏にドバッと浮かんだ。

「この前の自転車も効いたのかな……」

「そうですよ、真冬に二ヵ月も自転車に乗るなんて、普通の人はやりませんよ」

「まあ、そうですね」

　なんとなく、いい気分になっている。あ、でも、これではいけない。言いたいことを言わねば。

「でも、いったんよくなって痛みがぶり返すというのがよくわからないんですが……」

　若先生は私の膝を押さえてゆっくり動かしながら笑顔を向ける。

「いえ、でもそれはいいことなんです」

「いいこと？」

「ええ。体が敏感になってきたという証拠です。前は痛みがあってもそれに気づかなかったんですよ」

そういえば、前は体のことなど考えたこともなかった。意志があれば、体は勝手にくっついてくるものだと思っていた。

「そういえばそうかもしれません」私は素直に認めた。

「それにね」若先生は鼠蹊部に手をあてながら笑顔を消して、キリッと治療師の顔で言う。

「この股関節の筋肉は最初に比べてだいぶ柔らかくなってますよ」

「そうなんですか」

「ええ、全然ちがいます。緊張がだいぶほぐれてきてますよ」

そうなのか。だいぶほぐれてきているのか。

「じゃあ、あと少しですかね」

「そうですね、ここが辛抱のしどころですね」

うん、ちょっと俺は気が短いところがあるもんな。

「高野さん、お風呂には入ってます？」

「あ」と私は少しうろたえた。若先生からは一日二回湯船に浸かって腰を温めなさいとずっと言われているのだ。

「えーと、一日一回は入ってますが……なかなか二回は……」

「温めるのは大事ですからね」

「はい、今日からちゃんと二回入ります」

いつもどおり、三十分弱で施術は終わった。

「大丈夫です。治らなかった人はいませんから」若先生はにっこり微笑《ほほえ》んだ。

「そうですよね」私も微笑んだ。そして思った。

——もう一度、この先生を信じてみよう……。

すっかり明るい気持ちでエレベータをおり、外に出た。爽やかな春の光が降り注いでいる。あれほど長く続いた冬もちゃんと終わったのだ。この治療院を信じてやれば、絶対に私にも春がくる。そう思いながら、駅に向かってゆっくり歩き出した。

翌朝。

「いててて！」悲鳴とともに私は跳ね起きた。「全然よくなってないじゃねえか。ていうか、悪化してるぞ、ふざけんなよ！」

今度こそ絶対にやめる。目黒はやめる……!!

一ヵ月を過ぎたあたりから、私は毎日のように「もう、やめよう」と「もう一度信じてみよう」の間を行ったり来たりしていた。

治療院に行くまでは憤っているのだが、若先生の百パーセント自信たっぷりの笑顔を見て、「必ず治ります」という澄み切った言葉をきくと、カチカチに固めてきた決意がゆるゆると溶解してしまう。で、家に帰ると、「やっぱりおかしい」となる。

なぜ、こういう現象が繰り返されるのか。

一つには治療院の若先生のレトリックがうまいからだ。

「痛みがひかない」と言えば、「長年かけてできた痛みは治るのも時間がかかりますよ」と説かれ、「よくなったと思ってもすぐ戻ってしまう」と訴えれば、「そうやって繰り返しながらだんだんよくなっていくんですよ。習い事でも仕事でもそうでしょ？　まっすぐすーっと上達することなんてないでしょ？　体も同じですよ」などと生活や仕事の姿勢まで含めて諭されてしまう。

何を言ってもたちどころに言い負かされる。相手は何百、何千という患者を相手にしているのだ。どんな文句にも対応できる経験と技術を持ち合わせている。

それから、私は若先生に言われたことを完璧《かんぺき》に守っているわけではない。「一日二回風呂に入れ」と言われているが、もともと「シャワー一分で入浴終了」の私には、風呂を沸かして入るなんてあまりに手間なので、一日一回がせいぜいだ。

「痛みがあるうちは運動するな」と言われているのに、ウォーキングやジョギングをすることもある。

ストレッチを毎日やるべしと、やり方まで指導されているが、やるとすぐに痛みが出るのでやっていない。これも訴えたことがあるのだが、「強引にやったらダメですよ。軽くやらなければ」と言われてしまった。でもどこまでが「軽く」でどこからが「強引」なのかわからず、結局「君子危うきに近寄らず」の態度に落ち着いてしまっていた。

それが負い目となっている。自分が悪いんじゃないかと思ってしまうのだ。そして、「自分が悪い」＝「相手が正しい」という飛躍した等式に引っかかってしまう。よくよく考えれば、言われたことを完璧にこなせる患者などいないだろうし、もう十五回以上も通っているのに全く改善が見られないというのはおかしい。

相手の反論にすぐ納得してしまうだけではない。

「よほど今まで腰に負担をかけてきたんでしょうね」とか「この前、ちょっと長めにウォーキングしたせいでしょうか」などと、わざわざ自分から相手を楽にさせる発言をしてしまう。なぜ、彼にこれほど尽くしてしまうのか？

と、ここまで考えて私は愕然とした。

「これではまるで悪い男と別れられないダメな女子みたいじゃないか」

なぜ、「悪い女にひっかかったダメな男みたい」と思わないのか不思議だが、全くそういう女子的な気分なのだ。

無論、自分では経験はないが、話としては実生活でも小説やドラマでもよく見聞きする。浮気性の男、酒やギャンブルにおぼれる男、嘘《うそ》つきの男に惚《ほ》れた女子の話だ。

これまでさっぱりその気持ちがわからなかったが、今、霧が晴れたようによく理解できる。

「もう別れた方がいい」と彼女たちも思っているのだ。でも男の笑顔を見ると、「もう一度信じてみたい」と思ってしまう。「愛してるよ」と真剣に言われるとぐらっときてしまう。

彼が自分のところに落ち着かないのは自分に原因があるからじゃないかと、そういう女子は思うのだろう。「私は料理が下手《へた》」「私はおこりっぽい」「やっぱり胸が小さいからなのか」「ダイエットが足りないのかも」などなど。

しかし、それはどれもこれも本質的なことではない。というより「嘘」なのである。

私が目黒治療院にしがみついているのはなぜか。それはこれまですでに莫大《ばくだい》な時間と金と労力をつぎ込んできたからだ。すべて無駄だったとは認めたくない。家族や友だちにも笑われるし、悔しい。自分の過去を否定したくないのだ。

そして何よりも、もしここで目黒治療院と別れたら一人ぼっちになってしまう。腰痛とともに一人で放り出されるのだ。それが怖い。次に相手がいれば別だが、何もない……。

「目黒治療院」を「彼」に、「腰痛」を「孤独」に置き換えれば、そのままダメ女子の本音になるんじゃないか。

うーん、そうだったか。いつの間にか、女子になっていたか。しかもダメ女子。おそるべし、腰痛。人間の性別まで変えてしまうのか。

4．治らないのに治療法を習う？

ある土曜日、目黒治療院に行くと、いつもの大きなワンルームでなく、玄関脇の小部屋に通された。ここにもベッドが置いてある。

「ついに治癒困難な患者とみなされ、特別集中施術室に送られたか⁉」と一瞬期待に満ちたが、そうではなかった。

「今日と明日は講習会をやるので、こっちでやらせていただきます」と若先生は言った。

「講習会？」

「うちのやり方を教えてるんですよ」と若先生はうなずいた。

「うちの療法は絶対にいい。これを少しでも広めたいんです」

先生によれば、講習会は半年のコースである。毎月二十時間だが、土日に集中するので日にちとしては月四回。それが半年で百二十時間になる。

「もちろん、自分でも積極的にまわりの人に試すとか勉強してもらいますけど、基本的にはそれで一人前になれます」と先生はいつものように自信たっぷり。

受講生はいろいろ。すでに整体や鍼灸など他の民間療法でプロとしてやっている人も多いという。

「高野さんもどうです？　やりませんか？」と若先生は得意の笑顔を向けた。

「いやあ、鍼灸や整体をやっている人ならともかく、僕はずぶの素人ですから」軽くかわしたが、若先生は熱心だった。

「経験がある方がいいとは必ずしも言えないんですよ。前の治療法の癖が抜けないことがありますからね。人の体を触るのが初めてという人の方がうちのやり方をスムーズに受け入れられるということもあるんです」

なるほど。元横綱の曙《あけぼの》がK－1に行っても若乃花《わかのはな》がアメフトをやっても結局は相撲の癖が抜けなくて成功しなかった。純粋培養のほうがいいというケースもあるということだろう。

「お客さん一人で、まあ、最初は四千円としますよね。一人三十分で四千円でしょ。十人みれば五時間で四万円。自分で開業したら家賃とか経費で半分とられるとしても、手取りで日収二万円。月収五十万にはなりますよ」

話が突然生々しくなり、私は興奮した。足や手を動かされていなければガバッと起き上がりたいくらいだ。

月収五十万はすごい。私など、本を一冊書いてもせいぜい六十〜七十万円だ。たいして変わらない。しかも本は年に一冊か二冊しか書けないが、治療院は毎月その大金が入ってくる。比較にならない高収入だ。

それだけではない。もっと重要なことがあった。

もし私がここの療法をマスターして治療師になったら「辺境」で活躍できる！

私は二十年来、世界の辺境地に通い、「辺境作家」を名乗ってもいるが、実際は、現地へ行くと、ただの「役立たず」である。狩猟や漁労、農作の技術は全然ない。森のなかで薬草や食べられる植物を見つける術《すべ》も知らない。自動車や船外モーター、ラジカセ、発電機など機械類の修理や整備もできない。

何もできない。赤子同然だ。ゆえに辺境の村に滞在するたびに劣等感に苛《さいな》まれてきた。そんなときは日本で「辺境作家」づらしているのが恥ずかしくてならない。

「なにか辺境で通用する職を身につけたい」というのが悲願なのだ。

同じ悩みに苛まれた人に「グレートジャーニー」の探検家・関野吉晴《せきのよしはる》さんがいる。彼はわざわざ医大に入りなおして医師になってしまった。それもこれも「現地で役に立ちたい」という思いからだ。

私にはとても医者になる根性はないから端《はな》から目指そうと考えたこともないが、目黒の療法の治療師ならできる。なんせ半年勉強すればいいのだ。

さらに、私をもっと興奮させたのは、前に若先生と交わした会話を思い出したからだ。

「治りやすい人と治りにくい人というのはあるんですか？」と訊《たず》ねたときである。もちろん、「自分はなぜ治らないのか」という疑問が念頭にあってのことだ。

若先生はこう答えた。

「もちろん個人差はあるんですが、難しいのはですね、その患者さんが普段どういう生活をしているかこっちには全くわからないことなんです」

この治療院では「睡眠時間は毎日八時間以上とる」「毎日二回お風呂に入る」「規則正しい生活をおくる」「毎日ストレッチをすこしずつ行う」といったことを——患者によってもちろんちがうが——推奨している。

患者はたいてい「はい、わかりました」と言うが、実際のところ、仕事が忙しいから睡眠時間はいつも五時間くらいしかとれないとか、仕事の付き合いで飲みすぎ食べすぎを繰り返すとか、ストレッチや入浴を面倒くさがってしないとか、人間関係で激しいストレスを受けているとか、体に負担のかかる仕事や運動を続けているなどという人は多い。

「患者さんがみんな、私の目の前で生活していればいいんですけどね」と若先生は言う。

「こんな姿勢を長く続けているから治らないとか、こういう生活の仕方だから体のここがこうおかしくなるのかとかってわかるんですけどね」

それを聞いたときは「やっぱり入浴とストレッチは欠かしちゃいけないんだ」と自責の念にかられただけだったが、今「自分がもし治療法を習得したら」と想像すると、にわかに別の野望が燃え上がった。東京のような都会で治療院を開いていれば患者のふだんの生活などわかるはずもない。

だが辺境の村だったら話は別だ。

かつてミャンマーの奥地の村に半年近く住んでいたことがある。彼ら（私もそうだったが）の生活はひじょうにシンプルだ。夜は早く寝て朝早く起きる。みんな、ほぼ同じ時間に同じようなご飯を食べる。はじめから「規則正しい生活」を送っている。

さらに彼らの動きもよくわかる。仕事の内容はみんな同じようなものだ。人によって、狩りが好きだとか、豚の飼育に力を入れているとか、副業でアヘンの売買をしているとかあるが、とにかく誰がどこで何をしているか一目瞭然《いちもくりようぜん》なのだ。私が下痢をしていたときも、「あいつは最近ウンコの回数が多い」と、村人が全員知っていたくらいだ。

つまり、誰が患者であっても、その人がふだんどういう生活をしているか、どういうふうに体に負担をかけているか、他にどういう病気を持病として持っているか、人間関係のストレスがいつどのように起きているかなど、すべてわかる。

要するに「患者のふだんの生活が目の前で見られたら」という目黒の先生たちの悲願が労せずして叶《かな》うのだ。

そんな理想的な条件で療法を行えば、みんな、バンバン治るんじゃないか。私は村で「役立たず」から脱出できるどころか、「えらい先生」として崇《あが》め奉られるのではないか。近隣から患者が押し寄せ、順番待ちになり、しかしもともと取材に来ているから治療代など取る必要もなく、「ミャンマーの赤ひげ」と呼ばれたりしちゃって……と妄想はとどまるところを知らない。

「先生、その講習ですが授業料はいくらくらいなんですか」すっかりやる気になって訊くと、「百二十万円です」

「え、そんなにするんですか」

「いえ、高くないですよ。他のところに比べたら安いです。鍼灸なんか、専門学校に三年行かなきゃならなくて、五百万円もかかるんですよ。それを考えれば全然安いですよ」

うーむ、そう言われるとそうかもしれない。しかも開業したら月収五十万になるから、二ヵ月半で元がとれるしな……。

私は真剣に講習受講を検討した。考えれば考えるほどいいことずくめだったが、一つだけ大きな障害が立ちふさがった。それは「肝心の自分の腰痛がよくなっていない」ということだった。

今の腰の状態では屈んで患者の体を動かすのは無理だ。

真に腰痛は人生の敵である。こんなにいいチャンスをつかむことができないのだ。

というか、若先生、早く治して下さい……。

このあとも、「辺境で治療」という夢はくすぶり続けた。

5・ベストセラーへの道

関東は梅雨《つゆ》入りしていた。天気情報をみると、停滞前線が日本列島を分断し、ちょっと北に上がったりまた南に下がったりを繰り返している。天気図を真似するかのように、私の腰の状態も停滞している。ちょっとよくなったかと思えば、また調子が下がったりするところまで同じだ。

なのに、いまだこの治療院に通いつづけているのは、若先生の熱意が大きい。院長先生も熱心な人のようだが、若先生の方は「使命感に燃えている」という感があった。

ある日、若先生は「高野さん、たしか本を書かれたりもするんですよね？」と訊いてきた。仕事の話はほとんど訊かれたことがなかったので、何かなと思いつつ「ええ、まあ」と答えると、「本を出したいんですよ」といつになく真剣な顔で言う。

「今は日本中で間違った治療法がまかり通っています。西洋医学も他の民間療法も。例えば、肉離れは整形外科に行くと、ただ固定するだけです。これだと治るのに三週間もかかります。でもうちのやり方は断裂した筋肉をそのまくっつけるんです。このやり方だと三、四日で歩けるようになるんですよ。叩いたり揉んだり、というのもよくないですねえ。痛い場所をギュウギュウ押せば、脳が痛みを覚えるばっかりです。

僕はね、なんとしても、うちでやっている療法を広めたい。今はやっているところが少ないから患者さんもさばききれないし、どうしても値段が高くなる。本を出して普及させればある程度は自分で自宅でもできるし、『私も習いたい！』という人が出てくるにちがいないんです」

若先生はそう力説しつつ、「でも出版の世界が全くわからないので高野さんに相談したい」と言うのだった。

そのうち治療に行っても腰の話など出ず――停滞したままだから話題にしようも

ないのだ——「目黒療法」の紹介本出版の話に終始するようになった。

不思議なのは同系統の流派の先生がすでに本を数冊出しており、私も「この本を読めばいい」と推薦されていたことだった。その先生に訊けばいいじゃないかと言うと、

「いえ、あれは実際には自費出版なんですよ」と若先生。

「自費出版はダメなんですか」

「ダメです。僕はうちの療法を広めたい。そのためには本が売れなければならない。ベストセラーを出したいんです」

若先生の熱烈な口調に私は度肝を抜かれた。

「ベストセラーを出したい」——それは出版にたずさわる者全員の願いである。そしてそれがいかに難しいことか、出版にたずさわる者は全員知っている。だからそんな自明かつ無意味なセリフは誰も口にしないのだ。せいぜい「売れる本を出さなきゃ」くらいである。

若先生のストレートな物言いに新鮮な驚きを感じて、「ベストセラーってだいたい何万部くらいですか？」と訊いてしまった。

「さあ、僕は出版の世界がわからないのでなんとも言えませんが、『セカチュー』

とか『ハリポタ』とか、よく百万部突破！　って書いてあるでしょ？　そこまでは難しいにしても、二十万か三十万くらいは売りたいですね」

「二十万か三十万！」

思わず瞑目《めいもく》した。いったいどこからこの純真な先生に説明したらいいのだろう。

「先生、今、本は売れないんですよ」私は言った。「小説やノンフィクションは、一万部売れたらいい方です。僕の本なんか、最高に売れたので六千部です。これじゃやっていけませんよ！」

最後は個人的な悲鳴になってしまったが、幸か不幸か、先生は聞き流しているようだった。他人の本が売れなくても自分の本は売れる、いや売らねばならないと思い込んでいるのだ。

「骨盤をなんとかするとか、体操がどうとかっていう本を本屋さんでよく見かけますよ。テレビや雑誌でも紹介されるじゃないですか。ああいうのは売れてるんでしょ？」

そう言われると返事に窮する。たしかに私の本とは比べ物にならないほど売れている健康本は存在する。

「お金は二百万か三百万かかってもいいんです。ベストセラーになれば」と先生が言うのでまた驚いた。

社会的に認知され、普及すれば二、三百万は安いものだという。私は考え込んだ。自費出版でなく、一般の出版で、著者が何百万も投資して売れる本をつくるなんて聞いたことがない。でも「前例がない」ということほど私のやる気をそそるものはない（実は医療系にはその手の本が多いと後で知らされたが、この当時は知らなかった）。

何回かその話を繰り返すうちに、「わかりました。今度、編集者を紹介するのでちゃんと打ち合わせをしましょう」と答えていた。


翌週、Gさんという旧知の女性編集者を連れて、治療院を訪ねた。

彼女は良心的かつ腕のよいフリーの編集者で、これまでエステからオカルトまで幅広い分野で仕事をしている。たしか健康本も手掛けたことがあると言っていたのを思い出し、お願いしたのだ。

打ち合わせはいろいろな意味で新鮮かつ充実したものになった。

なにしろ、これまでは先生と〝ちゃんと〟話をしたことが一度もない。治療（施術）の合間にちょこちょことしゃべるだけだ。「目黒療法」の本質的な部分についてもどうもよくわからない。

なにより「歴史」が知りたかった。この療法が確立された経緯と、この若先生もしくはお父さんの院長先生がこの療法を習得するにいたった経緯だ。

科学にしても、民俗芸能にしても、宗教にしても、わかりにくいものは歴史を追うのがいちばん手っ取り早いのだ。そうすると、今なぜこうなっているのかがよくわかる。

「目黒療法」は、山本《やまもと》某という、もともとカイロプラクティックの治療を行っていた先生が、他の療法のよい部分を取り入れ、自身の経験から編み出した療法らしい。

ここの先生方がなぜこの療法を始めたかという経緯も訊いた。

意外にも院長先生でなく、この若先生が最初に習ったという。若先生はまだ三十代前半。二十代の頃は一般の会社に勤めていたが、激しい偏頭痛に悩まされていた。

「痛いなんていうレベルじゃないんです。頭痛薬をボリボリむさぼるように食べていました」

頭痛がひどいので肩も背中もカチカチに凝り固まる。だが最悪なのは、あまりの痛みに意識が飛ぶことだった。

「人に呼ばれて、ふっと振り向くだけで首筋に衝撃が走って気づくと倒れているんです」

どこでもぶっ倒れるので、頭や顔を何度も打ち、大怪我《おおけが》を負ったこともある。病院で診てもらっても原因は不明、他の民間療法にも通ったが、何も改善しなかった。

「それが山本先生のところに行ったら、最初の一週間で頭痛が半分以下におさまっちゃったんです」

死ぬほど辛かった頭痛が劇的に改善され、感動した若先生はすぐに山本先生に弟子入りした。治療もつづけ、一年で頭痛も他の諸症状も完治した。

お父さんも驚いてこの療法を習い、二人でこの治療院を始めた。施術の経験を積むうちに、山本先生の方法にさらにアレンジを加えて、独自の「目黒療法」を発展させた……。

そういうことなのか。意識不明になるほどの頭痛から解放されれば、それは絶対的に信じるだろう。私だって、腰痛が治ればぜひここで講習を受けたいのだ。

あとで知ることになるが、西洋医学の医師とちがい、民間療法の治療師は自分がかつて原因不明の症状で苦しんだという人が多い。最終的に自分を救った療法——それが誰かの教えであっても自分のオリジナルなものであっても——を信奉し、これで世間の苦しんでいる人たちを救いたいと思うのである。

さて、難病克服の感動物語が終わると、若先生は「どこか悪いところはないですか？」とGさんに言った。

「長いことテニスをやってるんですが、右の肩を痛めて、もう三年くらい思いきりサーブが打てない状態ですね」

若先生の目が鋭く光る。治療モードに入ったらしい。

「じゃあ、診てみましょう。そこに横になって下さい」

Gさんが寝台に横たわると、若先生は施術を始めた。これを治して本をベストセラーにするぞ！　という熱意を傾けて、いつにもまして真剣な表情である。

「さあ、これでどうでしょう」若先生が言い、Gさんは訝《いぶか》しげに肩をもぞもぞと動かした。私は思わずごくりと唾《つば》を飲み込んでしまう。少しでもよくなっていてほしい。私の腰は正直言って変化がない。私は若先生を信じていながら、今ひとつ彼の腕前に自信が持てないのだ。私がいかがわしい治療師にひっかかっているとGさんに思われたくない。

「あ、かなりラクになってますね！」

Gさんがパッと明るい表情になると、私は心底ホッとした。まるで友だちに彼氏を紹介して、「すごい人なんだね」と言われたような気分だ。そうなのだ、彼はすごいのだ。

もっとも若先生はいつものように自信たっぷりの笑みを浮かべてこう言った。

「これから打ち合わせのたびに施術しますよ。本ができる頃には治るでしょう。お金はいりませんから」

Gさんはにっこりしていた。私もにっこりした。自分が毎回六千円も払いつづけて、いっこうによくならないという事実には気づかないふりをしながら。

6．腰痛業界は「密林」だった

目黒治療院の効果に疑いを持って以来、何度も「もうやめよう」と思ったが、いまだにやめないどころか、百万払って習得しようとしたり、この治療法を世に広く知らしめる活動を手助けしている。

習得や出版の手伝いは暴走以外の何物でもないが、治療院をやめられないからこういうことも起きる。なぜやめないかというと、前にも書いたが、次に行くところがないのだ。

もちろん、私も無策ではない。「次に行くところ」を何度も探している。だが何も決め手がない。情報がないわけでなく、逆にあふれすぎていてさっぱりわからないのだ。

この頃、私は隠し立てもせず人に腰痛の話をするようになったが、驚いたことに、十人中八人が「すごく効く治療院を知ってますよ！」「すごい名医がいるよ！」と目を輝かせる。

西洋医学で「名医を知っている」人など、いくらもいないと思う。「最近胃の調子がわるいんだ」と言ったとき、「あたし、すごい消化器系の名医を知ってるのよ！」なんて反応がかえってくることはまず、ない。だが、こと腰痛あるいは民間療法になると、たいていの人は名医を直接間接に知っている。全てを真に受ければ、世間は名医であふれて収拾がつかない状態になる。

さらに目黒への行き帰り、都内の町を歩いていると、どこを見ても「××鍼灸院」「××治療院」「整体」「カイロプラクティック」という看板がかかり、「腰痛・肩こり」「慢性腰痛にお悩みの方に」「つらい腰痛！」などという宣伝文句がビルの入口や窓に躍っている。

もっとすごいことは現在、最大の情報収集能力を持つインターネットさえ、腰痛の前では無力ということだ。

何度か思い余って「腰痛」と入れて検索してみたが、案の定、何千万とも何億ともつかない件数がヒットするだけだ。

だいたいにおいて、東京だけでも腰痛を治療する場所がいったいいくつあるのか見当もつかない。病院やクリニックのような医療機関は厚生労働省に登録されているはずだからまだしも、民間療法の数は完全に謎だ。なにしろ民間療法は「医療」ではないのだ。マッサージから悪霊退治まで全部その中に含まれている。

まるで密林――と思った。コンゴやミャンマーのジャングルに一人うっかり迷いこむと、右も左もわからない緑の魔境だ。腰痛業界もそのとりとめのなさは同じだ。「腰痛」のあとに、「杉並区《すぎなみ》」「絶対治る」「慢性」などのキーワードを加えて検索しなおしたが、結果は同じだ。ヒット件数は一万件くらいに減るし、どこにどういう治療院があるかはわかるが、そこがほんとうに「すごく効く」のかどうかなど、判断のしようがない。

ようするに、高度情報社会の現代において、民間療法業界は文字通り、「秘境」状態にあるのだ。

レビューがないというのもきつい。

今はどんな商品でもレビューがある。本でもCDでもDVDでも、すでに体験した人間によって評価や感想がネット上に綴《つづ》られている。もちろんデタラメなものや偏ったものもあるが、「本書は社会派ミステリの傾向が強いので、本格ミステリファンには物足りないかも」といった参考になる情報も少なくない。

食べ物屋も「ぐるなび」とか「東京レストランサーチ」とか、ネット情報にレビューがいくらでも載っている。単に「うまい」だけでなく、「コストパフォーマンス」や「デートに向いている」などの付帯情報も参考になる。

しかし、民間療法にはレビューがない。もし「ぐるなび」ならぬ「腰痛なび」みたいなサイトがあり、そこにレビューが出ていれば、どんなに便利だろう。

「時間はかかるけど確実に治る」とか「ここは肩こりや腰痛などは不得意なようですが、便秘や冷え性、頭痛など内臓疾患系の症状にはとてもよく効きます」とか「急性のひどい痛みをとめるのには本当によく効く」などというレビューがあればどんなに参考になるだろう。「少々値段は高いけど、慢性腰痛なら絶対にここ！」という五つ星レビューが二十個もある治療院があれば、私は即座に「移籍」しているはずだ。

でも、なんだよな、こんなレビューは。理由は簡単。本なら一人の人間が月に何冊も読むことができる。ラーメン屋も同様。一年に何十冊、何十軒も体験できるからこそ、比較・対照ができる。自分の中で評価も定まる。民間療法は、効くか効かないか見極めるのに時間がかかる分、一人がいくつも行けないのだ。かなり移り気な人でも、年に四、五ヵ所だろう。これでは評価のしようがない。

もう一つは比較サイトができないこと。「すべての病気は前世の報い」と「すべての病気は骨盤が原因だった」では、同じ土俵にのぼるべくもない。

このように腰痛世界（民間療法業界）は、誰一人、その全体像すら把握できない「情報密林地帯」となっている。日本で腰痛治療を行っている人がいったい何万人いるのかそれとも何百万人いるのか、政府機関も大学の研究者も誰も知らない。

私はよく、アジア、アフリカ、南米なども情報化が進み、「辺境」が激減していることを勝手に嘆いているが、そういう「高みから見下ろす視線」になるのは日本の快適な生活にのほほんと浸っているときだけだ。ほんとうに辺境のど真ん中にいるときはそんな余裕はない。

ミャンマーとインドの国境地帯のジャングルを二ヵ月、歩いたことを思い出した。案内役の地元ゲリラ兵士たちともども道に迷い、猛烈な豪雨の降るなか、蚊やアブに刺され、無数の山蛭《やまひる》に血を吸われ、泥まみれ、血だらけになっていた。正直に言うが、私は「この森を火炎放射器で全部焼き尽くしたい」と思ったことがある。

辺境は恐ろしいところなのである。

今それを日本で実感している。

7．インナーマッスルに青い鳥を追う

長々と続いた梅雨も明け、いまや夏の甲子園《こうしえん》大会の歓声があちこちのテレビから聞こえる。

猛暑にあえぐ昼さがり、「新しい恋」が心の隙間《すきま》にすっと滑り込んだ。

あれほどいろいろな治療院や治療法をネットや口コミで調べていて、なおかつ踏ん切りがつかずにずるずると目黒の治療院に通いつづけていたのに、ある日、自宅の郵便受けに入っていた一枚のチラシが全てを変えてしまった。

若い女性が書いたとおぼしきかわいい手書きの字で、

「インナーマッスル療法　×××整骨院。わたしたちがあなたの〝最後の砦《とりで》〟になります!!」と書いてある。

どの治療院も心が揺れながらピンとこなかったのに、このチラシを見たとき「これだ！」と直感した。

言い方を変えれば「ときめいてしまった」。

何にときめいたのか。一つは手書きだったこと。ネットの文字ばかり見ていたので、手書き文字は新鮮かつ温かみを感じた。二つめは「インナーマッスル」。最近ちらほら耳にするようになった言葉だ。つまり新鮮な印象がした。

「最後の砦」というのも効いた。山本譲二《やまもとじようじ》の「みちのくひとり旅」じゃないが、男が「お前が俺には最後の女〜！」と高らかに歌えば女子もぐらっとするだろう。

恋は愛とちがい、あくまで「終了」が目的なのである。「最後」と言ってくれると「終了」が見えた気がする。また男の覚悟を感じられる。私もいつまでもダメ女子をやっている場合ではない。早くマトモな彼氏を見つけて身を固めたい。

そして最後の理由は、それが自宅からすぐそばだったということ。自転車で五分である。私は「青い鳥」の話を思い出してしまった。「幸せは実はすぐそばにあった」というやつだ。

実際には「本腰入れて」治そうと通ったのは目黒だけだったが、自転車であちこち走っていたこともあり、なんだか「腰痛に苦しみながら全国を駆け回った」ように錯覚していた。だから、「幸せは家の近くにあった」という〝物語〟に惹《ひ》かれてしまったのだ。

腰痛ジャングルは極端に見通しがわるい。実は里のすぐそばだったという可能性は大いにある。


お盆が明けてすぐ、予約をとりその整骨院へ向かった。名前は「砦《とりで》整骨院」としておこう。

砦整骨院はあらゆる点で目黒と対照的だった。

目黒は電車を乗り継いで片道一時間もかかったのに、こちらは自転車でたった五分。いくら炎天下を走るとはいえ、汗もろくに出ない。

保険がきくせいだろう、患者は近所のおじさん、おばさんといったごく普通の人が多い。目黒も別にアッパーな人たちばかりではなかったが、遠くから通っている人が多いから、身なりがきちんとしていた。こっちは「ちょっとコンビニに」という感じ、つまり普段着が優勢だ。

目黒はモーツァルトのホルン協奏曲が流れていたが、こちらは待合室にテレビがつけっぱなしになっていてワイドショーをやっている。いたって庶民的だ。

先生は四、五人いて、もともと狭い院内がカーテンでさらに細かく仕切られている。

名前を呼ばれてその一つに入った。黒々としたヒゲをたくわえた体格のいい先生が待っていた。整骨院の先生＝柔道部出身＝陽気で細かいことにこだわらない＝「ガッハッハ」……というのが私の整骨院治療師に対するステレオタイプ的イメージだったのだが、どういうわけか、ほぼそのまんまの人だった。ただし言葉遣いや応対は丁寧である。

これまでの経緯を簡単に説明すると、ざっくばらんな調子で「あー、大丈夫です。よくあるタイプです。すぐ治りますよ」と言い切った。

気さくに、明るく、と意識しているのかもしれないが、「最後の砦」がこんな軽いノリでいいのか。できれば山本譲二のようにドスをきかせてほしいところだが、まだ治療はこれからだ。それより気になるのは、ここの療法である。

「だいぶ悪そうですね」腰を触りながらガッハッハ先生が大声で言う。

「そうですか？」と私の声は少し弾む。状態がよくないことを認めてもらうのは自分を認めてもらうようで嬉しいのだ。もっとも嬉しいことばかりでもない。

「姿勢が悪いせいですか」と訊くと、「いいえ、関係ないですね」とあっさり言われた。

「前の治療院ではそう言われましたが」

「筋肉の問題ですから。お年寄りで腰がまがっていても元気な人は元気ですしね」

あれだけ姿勢にこだわってきたのに、こんなことを言われるとは心外だ。

先生は私の気分に頓着《とんちゃく》せず先に進む。

「じゃあ、少し強く押していきますね」と先生が言うので、思わず顔が引きつってしまった。

「え、押すんですか？」緊張で体がガチガチになるのがわかる。

ここのインナーマッスル療法というのは、「体の深いところにある筋肉に『硬血《こうけつ》』というしこりができる。それを押してほぐしてやると筋肉の凝りがとれ、痛みもなくなる」という療法だった。

一般の人は「よくありそうな療法じゃないか」と思うだけだろうが、私はちがう。目黒で「押したり叩いたりは絶対にダメ」と教え込まれてきたのだ。強く指圧するなどもってのほかだ。それが全ての間違いの元だと広く知らしめるために、本を出す手伝いまでしかけたのだ。

治療院が変わったのだから、そこのルールに従うのが当然だ。だいたい私の方が目黒を見かぎったのである。なのに、意識は目黒から抜けない。

　こっちの気持ちもおかまいなく、先生は腰のツボと思われる場所をぐいぐい押す。

「ぎゃー！」と悲鳴をあげたいくらい怖い。痛いのではなく怖い。「禁断」という言葉が脳裏を忙しく駆け巡る。

「力を抜いて下さい。そんなに痛くないでしょ？」

　先生が言うので、私はこれまでの治療院は刺激はよくないと言っていたのだと答えた。「刺激しないでどうやって治すのかなあ」と先生が嘲笑《ちようしよう》するように言うので、カチンときた。「でも、それで難しい疾患が治っている人もたくさんいましたよ」と言ってしまった。先生は「はあ……」と曖昧《あいまい》な相槌《あいづち》をうって黙り、指圧をつづけた。

　次の瞬間、ハッと気づいた。どうして自分はムキになって目黒の弁護をしているのだろう。もう自分が捨てた相手じゃないか。あそこがダメだったからこっちに来たんじゃないのか。

「昔の彼」のことはもう忘れなければということはわかっている。でも彼はいい人だった。ただ私とは相性がよくなかった、あるいは出会いのタイミングが悪かっただけだ。決して彼自身がダメなわけじゃない。そう思いたい。なにより、赤の他人に「目黒」のことをとやかく言われるのは腹が立つ。

治療は二十分ほどで終わった。ガッハッハ先生は「今日は最初なので軽くやりました。次回から少しずつ強めにやって、硬血をほぐしていきましょう」と例の気さくな調子で言った。

会計はたった六百円。

「目黒一回分でここへ十回通えるのか」と感激した。

今まで毎回六千円も払っていたことが異常に思えた。悪い男にひっかかったダメ女子どころか、ホストに貢ぐバカ女子である。

外に出ると、五時だというのにまだ真夏の太陽が斜めから容赦なく照り付けていた。セミの鳴き声を聞きながら、「ああ、やっちゃった……」と思った。急激に目黒治療院が遠くに感じられた。もうあそこに戻ることは二度とないだろう。

不思議な気持ちだった。

私が目黒に絶望し、全く別のバックボーンを持ち、性格も全くちがう治療院に移ってしまったことではない。それを目黒の若先生が何一つ知らないということが不思議なのだ。

「治療がきかないからやめる」とは一言も言っていないし、最後に行ったときも笑顔でおしゃべりをしている。出版の相談もしている。だから今後、行くのをやめたとしても、向こうはおそらく「よくなった」と解釈するだろう。

もしこれを知ったら先生は仰天するはずだ。「青天の霹靂《へきれき》」と思うにちがいない。なぜ、そうなるのか。自転車をこぎながら、でもすぐ家に着いてしまったので、部屋で寝そべりながら考える。

それは患者と治療者の「上下関係」にあるのではないか。

患者は治療者より一見、下にみえる。治療を受けているときは治療者のルールに従わなければならない。なにしろ治療者は呼び名も「先生」である。そういう意味では治療者が「上」、患者が「下」なのだが、患者は決断さえできれば、他の治療者にうつることができる。そしてそこの新しいルールに従う。

これは男と女の関係でもそうなのではないか。

日本では伝統的に男社会だから、男が主導権をにぎっている。二十代、三十代の若い世代では変わってきているだろうが、全世代を通せば「重要なことを決めるのは男」という通念が根強い。

だが、女はある日突然、男に見切りをつけ、別の男に移ることがある。

妻が夫に突きつける「青天の霹靂離婚」が典型例だし、夫婦でなくてもカノジョに突然別れ話を切り出されたという話はよく聞く。

そしていったん見切りをつけると女はもう過去を振り向かない。男は自分から別れた相手でもときどき会おうとしたり、昔のカノジョの名前を自分の娘につけようとして妻を逆上させたりする。愛想をつかされた後もしつこくつきまとう。別居している夫が妻を、あるいは離婚した元夫が元妻を殺したとか、包丁で刺して大怪我をさせたという事件のなんと多いことか。しかし、逆のパターンはあまり聞かない。

女子の方がクールなのだと思う。心が離れたら終わりなのだ。

夕食のとき、そんな話を妻にしたら、「おもしろい！」と彼女は言った。

「ふつう、男は船、女は港に喩《たと》えられるけど、実は逆だったたってことね」

「え、どういうこと？」

「だからさ、実は男が港で、女が船だったたってことよ。男がいろんな港を渡り歩くんじゃなくて、実は女の方がいろんな港を渡り歩いているってことよ」

なるほど。男は港で、女は船か。男のもと（港）にいるかぎり、女（船）は港のルールに従わなければならない。あくまで古いイメージではそうだ。だが、女はいざとなると出港してしまう。そのときになって男は慌てるわけだ。

それまでずっと主導権を握り、女も文句を言っていなかったから「え、どうしたんだ？　戻って話し合おうよ」と叫ぶが、もう遅い。女はすでに次の港に向かっているから「何よ、今さら。もう船出しちゃったわよ。戻れるわけないでしょ」ということになる。

なにより、港からいったん離れると、その港に注ぎ込んだ凄《すさ》まじい無駄を思い出してしまう。怒りや後悔ばかりが噴出し、「やり直す」なんて論外だと思う。

そうか。それで納得がいった。この理論では、主導権を男が握る、古いタイプのカップルであればあるほど、こういう「青天の霹靂」的別れが多いということになる。女が主導権を握って男を牛耳っているカップルでは逆になるだろう。そういえば、元妻を殺す元夫もやたら年配者が多い。

一つ謎が解けて霧が晴れたような爽やかさに包まれたが、しかし。別れた女が新しい港に移って、幸せになるという保証はない。

私だってそうだ。私の場合、腰痛世界がジャングルのように思えるから、「港と船」というより「治療者＝村」「私＝難民」という気分だが、ともかく古いしがらみからやっと解放されても、新しいしがらみが始まっただけかもしれない。今のところ、腰の痛みには何の変化も感じられない……。

砦整骨院は近くて安くて、予約も簡単にとれるから治療の間隔も短い。昔の旅行業界ではないが、「安・近・短」だ。

通いだして六日目ですでに四回目。だがいっこうによくなる気配がない。明らかに痛みが増している。

密林の中は極端に見通しがわるいから「意外に里がすぐそばだった」ということがよくあるが、「里がすぐそばだと思ったのは完全な思い込みだった」ということはもっとよくある。

鳥の声を赤ん坊の声と間違えたり、山火事のあとを焼畑と思い込んだりする。へとへとに疲れているときなど、遠くに倒木が折り重なっているのがなぜか村に見えたこともあった。心理的蜃気楼《しんきろう》とでもいおうか。人間は見たいものを見てしまう特性があるのだ。

この〝最後の砦〟も腰痛世界の蜃気楼ではあるまいか。

実はまだ元いた世界からはるか彼方《かなた》、密林のど真ん中にいるんじゃないか。

「この腰痛、治るんでしょうかね？」あくまで冗談めかした口調で訊くと、ガッハッハ先生はいつもの朗らかな、でも真剣な口調で「治ります。うちに来る人はみんな治る。治らない人はいません」と断言した。

驚いてしまった。そこまで自信があるのか。それにこのセリフは目黒治療院でも聞いたぞ……。

翌日の晩、若い友人と飲みに行ったおり、その話をした。

「それはラーメン屋のオヤジ理論ですね」と彼は言う。

「なに、それ？」

私はラーメン屋にほとんど行かないので知らなかったが、友人によれば、全然うまくないのにオヤジが自信満々のラーメン屋は多いという。

オヤジは「うちの店はお客さんがみんなうまいって言ってる」と胸を張る。実際には「まずい」「うまくない」と思ったら客はわざわざ苦情を言ったりせず、単に店に行かなくなる。結果として、店に行くのはそのオヤジの味が好きだというごく一部の客と、「ただ近いから来る」とか「ラーメンなら何でもいい」という客だけが残る。そしてオヤジ本人はこの事実に永遠に気がつかない……。

「それ、すごい理論じゃないか。おまえが考えたのか？　ノーベル賞ものだぞ！」

感動のあまりそう叫ぶと友人は笑った。

「僕じゃないですよ。ていうか、よく聞く話です」

そうなのか。全然知らなかった。でも、民間療法の治療院とラーメン屋のオヤジの理論は全く同じだ。

「でも、今はネットのレビューがありますからね。若いオヤジは気づいているでしょうね。ていうか、ネットのレビューをチェックしていたら、そんなに自信満々にまずいラーメンを出したりしないでしょうね」

ここでもネットのレビューか。ネットのレビューは人を謙虚にさせる機能があるということだ。批判を受けないというのは独裁者と同じだ。自信満々に誤った方向へ突っ走って行く。ネットレビューはそれを防止する意味でも重要だ。

だが残念ながら、腰痛ジャングルにネットレビューはない。治療者は独裁者として村を支配する。そして患者は難民のように村から村へと渡り歩く。


十日ほど、都合六回通って、呰整骨院を断念した。印象としては、結局、「町の気軽な整骨院」のままだった。

なんとも呆気《あっけ》ない「最後の呰」だった。やっぱり腰痛世界の蜃気楼だったのだ。青い鳥は近くにもいない。それはどこにいるのか。

これからまた私は出発しなければならない。元の美しき世界をめざして。物語のハッピーエンドをめざして。「ラーメン屋のオヤジ」理論や「男は港で女は船」理論という嵐《あらし》にもてあそばれながら。

第二章　カリスマ洞窟の冒険

1．探検の先達が示す脱出の道

夏の甲子園大会が終わると、毎年妙な焦燥感にかられる。子どもの頃、「ああ、早く夏休みの宿題をやらなきゃ」と思った記憶が抜けないのだろう。

いつもはその都度、冷静になって「もう大人だから宿題はないんだ！」と幸せをかみしめるのだが、この年はちがった。

ちゃんと宿題がある。「腰痛治療」という宿題が。一刻も早く片付けないといけない宿題が。大人になってもこんなに幸せ感の薄い八月下旬は初めてだ。

新しい村を目指して出発したものの、私は途方に暮れていた。やはりネットのホームページだけ見て、飛び込む勇気がない。「今度こそ失敗できない」という切迫感もある。

これまでも必要以上に焦っていたが、今は現実的に差し迫った問題があった。

イラワジ河下りだ。私はミャンマーの大河イラワジ河を地元のカヌーで下りたいとずっと思っていた。この河を源流から河口まで下った人はいまだ世界に誰もいない。完全な源流からは難しいにしても、それに近いところからならやれる目算はあった。

うってつけのパートナーもいた。農大探検部OBの山田高司《やまだたかし》さんという探検部界の先輩だ（大学探検部員とそのOBは、大学がちがっても先輩・後輩と呼びあって親しくする習慣がある）。

十年ほど前、彼と一緒に四ヵ月、アフリカを旅したことがある。山田先輩は南米とアフリカの主な川はすべて下ったという、世界でも屈指の川下り屋だ。私はカヌーの技術はないが現地をよく知っており、先輩は現地を知らないが川下りのプロである。二人が組むとちょうどいいのだ。

山田さんは現在、故郷の四万十《しまんと》市でアウトドア関係の仕事をしており、冬の間は二、三ヵ月休みをとることができる。ミャンマーでも乾季にあたり時期的にちょうどいい。二年前に行こうとしたが、このときは私がインドの怪魚探しに熱中し、山田さんに謝って河下りを延期してもらった。しかし結果的に怪魚探しは失敗。翌年は自転車旅をするために再度延期をお願いした。

もう二回こちらの都合で延期してもらっているのだ。来年こそは絶対に行かねばならない。私自身も絶対に行きたい。だがもはや九月。次シーズン一月の出発まであと四ヵ月しかない。

別件で上京してきた山田さんがうちに泊まったおり、河下りの日程などを話し合った。山田さんも多忙なので休みをとるのは簡単ではないが、どうやらスケジュールの方は大丈夫そうだ。

「ところで高野、腰はどうだ？」と山田さんは訊いた。

「うーん、相変わらずですね……」

実際は悪化の一途だったが、正直に答えたら河下り計画が白紙に戻されそうだったので言葉を濁した。だが山田さんはこちらの返事などに頓着していなかった。機嫌よさそうにこう言った。

「俺な、腰痛が治ったんや」

「え！」私は驚きの声をあげた。

山田さんは探検部界の先輩のみならず、腰痛世界の先輩でもあった。二十年来、原因不明の腰痛に悩まされており、鍼灸、整体、気功といろいろな療法を頼ったり、腰に楽な椅子を捜し求めた結果、家を椅子だらけにしたりしていた。アフリカ旅のときも先輩は辛そうで、私は彼の腰をときどき揉んでいた。だが、皮肉なことに私が本格腰痛になったのと前後して、急によくなってしまったという。しかも驚くべき事実も判明した。

「原因は歯だったんや」と山田さんは土佐弁《とさ》で言った。八〇年代、食糧難の西アフリカをカヌーで旅していたとき、彼は「食い物というより石に近い」という干しヤギ肉をかじっていた。他に食べ物がなかったのだ。

あるとき、その固いヤギ肉の筋が左顎《ひだりあご》の歯と歯の間にバキッと音を立てて挟まった。強烈な痛みに山田さんは呻《うめ》いた。ヤギ肉自体はしばらくしてとれたが、左顎の歯の痛みがとれない。その後、歯医者で見てもらっても「異常なし」と言われた。根性の人、山田さんは「痛いからいつも右顎ばかり使っているのがかえってよくないのかもしれない」と激痛をこらえて、わざわざ左顎で咀嚼《そしゃく》したりしていた。

それから二十年もたった今頃、たまたま虫歯の歯を抜いたら、とんでもないことがわかった。隣の歯、それはヤギ肉を嚙《か》んだ歯だったのだが、その一部が割れて、刃物のように歯茎に深く突き刺さり、神経まで達していたのだ。

彼は懐からその「歯片」を取り出して、見せてくれたが、剃刀《かみそり》のように鋭かった。こんなものが神経に刺さっていたら痛いに決まっている。この歯片を抜いたら、二十年来の腰の痛みまで紐《ひも》がほどけるように、するするととけ、楽になっていったという。

「普段はもう痛みがないな。疲れたり無理したりするとちょっと出るくらいで」と山田さんは言う。

「歯が万病の原因」という本を見かけたことがある。立ち読みしたら、「腰痛も歯が原因」と書いてあった。そんな馬鹿なと思っていたが、少なくとも歯が原因で腰痛になることはあるのだ。

「いいなあ」と思った。腰痛が治ったのもいいが、原因が「石のようなヤギ肉を根性で食っていたせいだった」というのもいい。本物の探検家らしいじゃないか。

私ももしかしたら、過去の探検活動の最中に何かとてつもないことをして、それが腰痛の原因になっているのではないかと考えた。でもいくら考えても出てこない。だいたい大した「探検活動」などしていないのだ。もっとも、先輩もヤギ肉が原因とは夢にも思わなかったのだ。私だって、想像もつかない原因が潜んでいるかもしれない。

だが、先輩みたいに、根性だけで二十年も腰痛と付き合うわけにはいかない。

「カヌーはふつうの人間でも腰にくるからな」と彼が言うからだ。

健康な人でも腰にくるというのに、私はひどい腰痛に苦しんでいる真っ最中。カヌーの練習もしていない。何がなんでも十月いっぱいに腰を治し、準備に取り掛からなければいけないのだ。辺境作家生命がかかっている。

探検部出身者としてのメンツもある。探検部の価値観では、とにもかくにも「やった者勝ち」だ。どんなに無様なやり方でもやった人間がえらい。逆に言えば、どんなに理屈をこねてもやらなかったら零点である。特に「俺は○○をする」とさんざん宣言しておいて実行に移さないという輩《やから》はもはや人間とは見なされない。だから今度こそ絶対に失敗は許されない。

失敗できないと思えば思うほど、人はツテを頼りたがる。恋愛でも古くは「見合い」、新しくは「合コン」と、スタイルに大きな変化はない。腰痛も同じ。人の紹介がいい。

だが、誰に紹介してもらうかが問題だ。前にも書いたが、「すごい名医を知ってる」という人は山ほどいるのだ。いちいち信用するわけにはいかない。

あれこれ悩む私を救ったのは、やはり探検部界の大先輩から来た一通のメールだった。

「腰痛がひどいと聞いたけど、どう？　いい先生を知っているので興味があれば連絡ください……」

差出人は関野吉晴氏。

関野さんは一橋《ひとつばし》大探検部OBにして、本物の探検家だ。人類の起源を訪ねる「グレートジャーニー」で知られ、現在、武蔵野《むさしの》美術大学教授でもある。誠実な人柄は誰もが認めるところであり、本人もあちこち故障に悩まされていると耳にしているから治療の経験も豊富だろう。なによりも彼はれっきとした医者だ。彼以上に「紹介者」として信用できる人はいない。

さっそく関野さんに電話してみた。関野さんは一年の半分は日本にいないので、いるときに捕まえないといけないのだ。

関野さんと話すのは二年ぶりだったが、前と変わらぬ穏やかな口調で、「あの人はすごいよ」と言った。

「いわゆるカリスマ治療師っていうのかな。俺は『カリスマ』って呼んでるけど」

浮世離れした関野さんから「カリスマ」なんて俗語を聞くと変な気がしたが、それより問題は治るかどうかだ。

「うん、治るよ」関野さんはゆったりとした口調で断言した。「個人差があるから、時間はわからないけど、腰痛ならみんな治る」

みんな治る――。医師の関野さんにそこまで言わせるとは並みではない。すぐに「そこを紹介して下さい」と頼んだ。すると意外なことに「じゃあ、俺が一緒に行くよ。そうすると安くなるから」と関野さんは言った。

うーむ、すごい展開だ。天下の関野吉晴を私の腰痛治療なんかに付き合わせていいのか。もっと他にやるべきことがあるんじゃないのかとも思ったが、もちろんそんなことは言わない。一緒に行ってくれれば、料金が下がるだけでなく、先生もいつも以上に熱心に治療してくれるにちがいない。

「じゃあ、ぜひおねがいします」

受話器を置くと、温かいものが胸をひたした。川下りの山田先輩も「おー、関野さんが言うんなら大丈夫だろう」と喜んでくれた。

山田先輩も二十年間の腰痛遭難から生還した。そして関野さんもどうやらそのカリスマ先生のおかげで、六十歳の今もハードな探検・冒険を続けていられるようだ。探検業界を代表する二人の先達が密林の中にひっそり延びる細い道を照らし出してくれた。

今度こそ元の世界に戻れる。今度こそ。

2. ガンをも治すカリスマ治療師

カリスマ治療院は、JR新宿駅東口から歩いて七、八分のところにあった。世界を股《また》にかける探検家と腰痛持ちの後輩は、作り物のように化粧が濃い女の子や流《りゅう》暢《ちょう》な日本語で客引きをする色黒の外国人などがひしめく雑踏を苦労して通り抜けた。汗だくになってたどり着いたのは鉄錆《てつさび》の臭《にお》いが漂う古い雑居ビルの四階だった。

南米の先住民そっくりの顔立ちをした関野さんと一緒にいると、これから出稼ぎ外国人のアジトを訪ねるような錯覚に陥りそうになる。

インターホンを鳴らすと、鉄の重そうなドアがギイと開いた。

カリスマ先生がぬっと顔を出した瞬間、心中で「どひゃー!」と叫んだ。一昔前のロックスターのような、チリチリに爆発したカーリーヘアに銀フレームの細いメガネ。白衣を着ているし、同じカリスマでも「カリスマ美容師」じゃないか。外見だけなら胡散《うさん》臭いことこのうえない。

関野さんに案内されている以上帰るわけにもいかず、靴を脱いでワンルームの室内にあがりこんだ。診察用寝台、先生のデスク、それに小さな客用の応接テーブルと椅子があるだけで、先生の外見とは裏腹に実に簡素な部屋だ。

「関野先生、前方後円墳《ぜんぽうこうえんふん》の意味がわかったんですよ」だしぬけにカリスマ先生は言うと、古墳の形式の変遷について滔々《とうとう》と語りはじめた。

関野さんは大学で人類学を教えているが、考古学まで手を伸ばしているとは知らなかった。と思いきや、関野さんもカリスマ先生の熱心な話に曖昧に相槌をうっているだけ。どうもカリスマ先生の趣味らしい。細い目がメガネの奥で少年のように輝いている。どうもすごく純粋な人のようだ。

古墳の話が止まらず、「いったいどうなっちゃったのか」と心配になった頃、やっと「で、腰でしたっけ？」とこちらを向いた。

私はこれまでの治療歴を説明した。

「整形外科には『年のせいじゃないですか』と言われたんですが」と言うと、「整形はそうなんですよ。わからないとすぐ年のせいにする」とカリスマ先生は笑った。年のせいにされるのは私も気分がよくないし、目黒治療院でもカリスマ先生と全く同じことを言ったので「そうなんですよ」と勢い込んで同意する。ところが意見が一致したのはそこまでだった。

目黒の話をすると、「どうして股関節から腰に痛みが行くんです？　ちゃんと訊かなきゃダメですよ」とやはり笑いながら言うのだ。目黒と同じことを言われたら困るはずなのにまた目黒を否定されて悔しくなった。思わず「でもそれでよくなっている人もたくさんいる」とまた弁護してしまう。まだ執着があるらしい。

幸い、先生は見た目よりもずっと温厚な人らしく、クスクスと笑って聞き流していた。私の戯言《たわごと》など相手にしていないともいえる。

「原因不明の腰痛の人で治った人はいます？」と訊いても、「原因不明？　そんな人はまだ見たことがないですね」と笑われただけだった。先生にすれば、全て原因が明らかだというのだろう。

こちらの職業も生活習慣も何も訊かず、施術はすぐに始まった。といっても、ベルトこそはずしたものの、ジーンズは穿《は》いたまま、Tシャツも着たまま。服の上からやるという。

診察台に軽く腰掛けると、先生は後ろから指でたどり、「腰椎の四番が曲がってますすね」などと言う。関野さんも横からのぞいているらしく、フンフン頷《うなず》く声が聞こえる。

「稀《まれ》に血流拡大で貧血を起こす人がいますからね、初めは軽くやりますね」と先生は言うのだが、指は相変わらずチェックするように表面をなでているだけ。

「うん、入った」先生が独り言のようにつぶやく。

どうもこれが施術らしい。

「こんな軽く触るだけで背骨の歪《ゆが》みが治るんですか？」と訊くと、

「元の位置に戻すだけですから。ちがう位置にしようとしたらものすごい力が必要ですけど」

強いゴムかスプリングで骨が引っ張られているような状態だということだろうか。ちょっと引っかかりを治せば、すっと元に戻るのだろうか。

施術は十分足らずで終了した。立ち上がって動いてみる。

「どうですか？」

「少し楽になったみたいです」

そう答えたものの、我ながらあまり当てにならなかった。目黒でもそうだったが、施術を受けた直後は、終わってホッとするせいか、逆に施術に対する緊張でハイになったままなのか、たいてい少しは楽になった気がするのだ。

今度は、私をふつうに立たせてチェック。いや、チェックしているだけなのか施術をしているのかよくわからない。ともにあまりにソフトなタッチだからだ。

「今日はこれで終わりです」と言われ、よくわからないままに後ろに引き下がった。始まるまでは長かったが、施術は十分とかかっていない。

「ほんとにデタラメなことを言う人が多くって」カリスマ先生は相変わらず苦笑しながら関野さんに言った。

「この前は顎関節《がくかんせつ》が腰痛の原因なんて言う人がいましたよ。そんなの『霊が憑いている』というのと同じですよ。理屈になってない」

そこで先生は私の方をちらっと見た。

「妄信はよくないですよ。わからないことについてはどんどん『なぜ？』って訊いて下さいね」

股関節から腰痛になるという説を妄信していたと言いたいのだろう。でも私は目黒での説明に十分納得していたのだからどうしようもない。それに顎関節が原因の腰痛があっても不思議じゃない。実際、川下りの山田さんは顎関節かどうかわからないが、歯を治して腰痛がよくなってしまったのだ。

しかし、ここでそんな主張はためらわれた。いったん村に入ったらその村のルールに従うのが患者の務めなのだ。それが妄信と言われようが。

先生によると、腰痛はすべて「背骨の歪み」が原因だという。それだけ聞くとありふれた理論のようだが、実は全然ちがうという。

「他の治療院では背骨がぐにゃっとたわんでいるみたいなニュアンスですが、そうじゃなくて、骨が左側に倒れこんだ状態なんですよ」

わかりにくいので何度も聞きなおしてやっとわかったのだが、こういうことらしい。

――背骨というのは小さな骨が上から下にたくさん連なっている。それぞれの骨（脊椎《せきつい》）は何かの拍子に左側にねじれるように歪む。決して右側にはねじれない。左側に倒れた結果、体のバランスが崩れ、あちこちに異常が生じる。

「ガンの人だって体の左半分が変化するから見ればわかりますよ。ねえ、関野先生？」

カリスマ先生はいよいよ尋常でないことを言い出した。だが、もっと驚いたのは医師である関野さんがなにやら思い出しながら、「言われてみれば……ガンの人はみんなそうだね」と答えたこと。えーっ、ほんとにそうなのか。

でも今の私にはガンよりも腰痛が大事だ。「どんどん訊け」と先生も言うことだし、

「どうして、背骨が左側にだけ倒れるんですか」と素朴な疑問を呈した。

「それはですね、背骨を亀裂筋という筋肉が支えているんですけど、その左側の亀裂筋が引きつるんですよ」

全然わからない。なぜ左の亀裂筋だけが引きつるのか。

「それは化学的な作用だと思うんです。まだ研究中なんですが、私はおそらく化学調味料が原因だと思います」

化学調味料のケミカルな成分が神経に変な信号を発するというような説明を先生はしたが、さっぱりわからなかった。それに私は普通の人より化学調味料の摂取量は少ないはずだが。

「大丈夫です。よくあるパターンですから」キョトンとしたままの私を安心させるように言った。「歪みは治してもすぐ元に戻ります。だから何度かやってそのうち治るんです」

ここで一時間がたち、次の患者（お客）が来るというので私たちは引き上げた。

予想以上に常識破りの先生だった。目黒治療院は元の世界に帰るためのザイルに喩《たと》えたが、ここはそんな普通のものじゃない。

私はふと学生時代によく潜っていた「洞窟《どうくつ》」を思い出した。それも探検部に入っていちばん初めに先輩に連れられていった奥多摩《おくたま》の小袖鍾乳洞《こそでしょうにゅうどう》。

真《ま》っ暗闇《くらやみ》のなか、ヘルメットがギリギリ通るだけの狭い穴をひたすら匍匐《ほふく》前進ですすむというありえない洞窟だった。岩に体がひっかかって二十分も動けなかったときは恐怖以外の何物でもなかったが、「絶対に外に出られると信じろ！」という先輩の声に励まされてなんとか脱出できた。

出口から光が差し込んでいるのを見たときは感激した。外に出たら全然別の場所に出ていたことにも驚いた。秘密の抜け道だったのだ。この感激が忘れられず、学生時代は全国あちこちの洞窟に潜ったものだ。

カリスマ先生があのときの先輩とダブってみえた。

先生を信じて進めば、いつかは外に出られる。外に出たら、そこは元の輝ける非腰痛世界になっている——そう、信じてみることにした。

3．最近の医者は体を診ない

カリスマのところを出ると日が暮れていた。そのまま関野さんと一緒に新宿駅前のラーメン屋に入った。餃子《ギョーザ》をつつきながら「あの先生はほんとにすごいんですか？」と訊いてしまった。「信じる」と決意しながらもやはり心配はぬぐえない。

「うん、すごい」関野さんはうなずいた。

カリスマは服の上からどの椎骨《ついこつ》がどこにあるかわかる。整形外科医にもできない技だという。

ガンを治したというのも本当だそうだ。その患者に関野さんが自分で会って話を聞いたという。結果的にはその患者は手術を受けたのだが、そのとき、

「大腸ガンが二つできていたけど、一つは小さくなって、一つは完全に消えていたって。医者が驚いていたみたい」

そのときは東洋医学のツボとは全く関係のない神経の末端を指圧したという。

ふーんと言うしかない。でも、ガンの原因が化学調味料という説については、

「あれは俺も信じられない。西洋医学の理論に反しているから」と関野さんは首を振る。関野さんもカリスマの説に全面的に賛同しているわけではないらしい。

関野さんは前から頸椎《けいつい》のヘルニアで苦しんでいてカリスマ施術を受けてよくなったが、それも「すぐに治ったわけじゃないから、自然に治ったのかカリスマの施術の結果かはよくわからない」という。ヘルニアは自然治癒するケースが多々あるらしい。

え？と思った。自分が劇的によくなったから、人に紹介しているとばかり思っ

たのだ。私はにわかに不信感をいだき、「あの先生の理論はおかしいですよ。顎関節や股関節は絶対に腰痛の原因にならなくて、背骨の歪みだけだなんて。西洋医学の理論とちがうじゃないですか」と言い出したら、「でも彼は経験で確かめているから」と弁護する。

自分の症状が施術でよくなったかどうかはっきりしないうえ、理論にも疑問符がつくのに、なぜ関野さんはカリスマをここまで支持するのか。

関野さんの一人娘は中学二年生のとき、側彎症《そくわんしょう》と診断された。部活でバドミントンに熱中しすぎて体が曲がってしまったらしい。医師から「もうバドミントンをやってはいけない」と言われたが、それまでバドミントン命でやってきた娘さんはものすごいショックを受けた。関野さんは何とかしてやりたいという一心でカリスマに診てもらったところ、たった三回行っただけでよくなってしまったそうだ。

そうか、娘さんか。それは信じるのも無理はない。自分が治るよりありがたみがあるだろう。

関野さんは西洋医学以外の医療、いわゆる「代替医療」（もしくは「民間療法」）にひじょうに詳しいようだった。前にも書いたが、関野さんは辺境の地でも人の役に立てないかと思い、医師になった。しかし、実際には現地で注射の一本も簡単に打てない。

「そういう西洋医学を体験したことのない人の中には注射でショックを起こして、稀に死んでしまう人もいるから」だそうだ。薬にしても何がどういうふうに作用するかわからないので怖くてなかなかあげられない。結局、辺境では注射や化学薬品を使わない代替医療の方が有効と思うようになり、いろいろ調べて、自分でも試してみたという。

例えば、瀉血《しゃけつ》。皮膚を切って悪い血を出すという、世界中にある基本的というか原始的な治療法だ。日本でも昔は広く行われていた。私もミャンマーでやられたことがある。

現在、西洋医学では「迷信だ」と一蹴《いっしゅう》されているが、関野さん曰《いわ》く「あれも最初はたしかに黒い血が出るんだ」。

医師でありながら、関野さんが西洋医学に一抹《いちまつ》の疑問を抱いているのは、もう一つ、現在の西洋医学のあり方に理由があるようだった。

「今の医者は体を診ないんだよね」と関野さんは言う。今はなんでもデータだ。レントゲンやMRIをとり、血液検査をし、その数値がどうなったかを診るだけで全然患者に触らない。

「やっぱり体を診なきゃダメだと思うんだけどね」

言いたいことはよくわかる。ライターの取材でも同じで、統計やデータだけ見てもしかたない。現場に行かなければ見えないことは山ほどある。医師にとって『現場』は患者の体だろう。

「医者だけじゃなくて、研究者も今はそうらしい。京大の先生が嘆いていたよ」と関野さんは言った。

京大のサル研究は徹底したフィールドワークで有名だ。私も昔、京大のアフリカセンターに入ろうとしたことがあるから多少知っているが、「今日何を考察したか」よりも「今日何キロ歩いたか」が評価されていたくらいだ。

「それが最近、若い研究者は森に入らないんだって。ゴリラやサルに発信機をつけて、あとは研究室のパソコンに向かっているんだって」

なるほど。発信機で個体の動きを全部把握してしまえば、目で観察するよりずっと緻密《ちみつ》で正確なデータがとれる。昼も夜も、二十四時間の動きが全てわかってしまうのだ。

「でも、それじゃ……」と私も思ってしまう。何かが失われるような気がしてならない。

それがアナログ時代に育った関野さんと私の共通の思いなのだ。

いや、アナログ世代だけでないかもしれない。なぜ民間療法（代替医療）がこれほどまでに人気があるのか、民間療法にどっぷり浸かっている私自身、不思議なのだが、一つの理由はこれかもしれない。

民間療法の治療者はみんな、すごく自信を持っている。それは実際に患者（民間療法の場合「お客」だがここは「患者」に統一）の体を触りつづけているからだろう。「筋肉の状態が前回と全然ちがう」なんていうのもありふれた日常会話だが、よく考えると医者にはとても言えないセリフだ。筋肉の張りなど数値には表れないからだ。

あれだけ丹念に体を触っていれば筋肉の状態も体調もわかるだろうし、患者の心の動きもわかるだろう。患者に接する時間の長さも、医師とは比べ物にならない。少なくともその揺るぎない自信が患者を納得させているのは間違いない。

アナログ世代はもちろん、アナログを知らないデジタル世代にはもっとインパクトがあるかもしれない。となれば、これからますます民間療法は盛んになるはずだ。アナログの代表格である本や雑誌はどんどん売れなくなるわけだし、やっぱり私も民間療法を覚えて……じゃなくて、早くカリスマに治していただきたいのである。

4・カリスマ洞窟で〝ダメ男子〟になる

「ちょっと行ってくる」私は妻に声をかけた。

「どこ行くの？」

「新宿のカリスマのとこ」

「あそこ、まだ行くの？」

妻が訝しげな顔をするのも無理はない。初めに「せいぜい二、三回で治る」と自分がカリスマのような顔で説明していたのに、もう四回目。しかも腰の痛みは髪の毛一本ほどもよくなっていない。むしろ、施術後は痛みが増している。昨夜も妻にそう愚痴をこぼしたばかりだった。

「また〝ダメ女子〟のパターンにハマってるんじゃない？」彼女は呆《あき》れた調子で言う。

「いや、今度はちがう」私はキッパリ答えた。「今度は女子じゃない。男子になった気分だ」

「はあ？」

「男子っていうのは……」

説明しようとしたら彼女がさえぎった。「その話、長い？」私がくだらない思い付きを夢中でべらべら喋《しゃべ》りだすと、彼女はときどきこういう反応で突き放す。

「いや……」とぶつぶつ呟《つぶや》くと私は靴を履いて外に出た。

もう九月半ばだというのに、アブラゼミがジージーと気が変になりそうな勢いで鳴いていた。暑い。百メートルも歩かぬうちに汗が流れ出す。

——どうせ女子にはわからん……。

ついこの間まで女子の気持ちを得々と語っていたことを棚にあげて思った。

カリスマ治療院は目黒治療院とはちがう。目黒では（他でもそうだろうが）、治らなければ治らないほど施術費がかさんだ。それこそホストクラブにハマった女子のようにポン、ポン六千円を払いつづけた。理不尽きわまりない。

ところがカリスマ治療院は「初診三万円、そのあと一ヵ月間何度でも無料で施術可」という特殊な料金体系になっている（関野さんの紹介で私はもっと安くしてもらっていた）。

カリスマ先生は患者をたいてい一発で治す。手こずっても二回か三回で片をつける。少なくともそのくらい自信がある証拠だろう。こんな料金システムは他には見たことも聞いたこともない。言い換えれば、他の治療院はとてもこれではやっていけないということだ。

おかげで心おきなく新宿に通うことができた。行けば行くほど「得する」ような錯覚さえする。実際、カリスマ治療院に通うのは楽しくてしかたなかった。

カリスマ先生はもともと美大卒で美術関係の仕事をしていたが、そのうち人体の形状に関心がうつり、左右バランスを整えると病気や故障が治ることに気づいたという。独学で解剖学を勉強して開業。以後、日本全国はおろか海外からもカリスマ先生に診てもらいに患者がやってくるそうだ。

「すべて形にあらわれるんですよ」と言う先生は好奇心の塊《かたまり》のような人である。施術時間は毎回十分かそこらで、他の四十分以上は自分が最近関心を持っている事象について話をする。関野さんに連れられてきたときは古墳だった。二回目は鑑真《がんじん》が実は薬害でガンにかかっていたという自説を披露した。

先生によれば、唐招提寺《とうしょうだいじ》にある鑑真像は生きている間に本人の顔を型にとったものだという。美術家がみればわかるそうだ。鑑真はほんとうは即身仏になりたかったのだが、当時の日本にはまだそういう技術がなく、しかたなく鑑真はリアルな像を残した——というのが先生の推理だ。さらにその鑑真像を仔細《しさい》に観察すると、左右のバランスが崩れている。それを先生は「バランス異常」と呼ぶ。特にガンの患者にバランス異常がよく見られるらしい。

鑑真はガンだったと先生は推理する。さらにガンになった原因まで突き止めた。「漢方薬の副作用だと思いますね」という。先生は現代のガンの原因を化学調味料に求める。化学調味料が出現する以前のガンは漢方薬によるものとする。つまり「ガン＝薬害」というなんとも大胆な説なのだ。

三回目の施術時に出たのは南米のナスカ文明がバランス異常によって滅んだのではないかという話だった。出土したナスカ人の頭蓋骨《ずがいこつ》は左右バランスが著しく崩れていたそうだ。

「話」というよりもはや「授業」である。私はやみつきになってしまった。

四回目の今日はどんな授業だろうか。

そう思ってカリスマ治療院のドアを開ける。こぢんまりした部屋は曇りガラスの窓と防音設備のため、外界から完全に遮断されている。電話もめったにかかってこず、前後の患者と鉢合わせすることも不思議とない。

あらためて「ほんとに洞窟みたいだ」と思う。先生はマスコミの取材にもめったに応じず、ここで施術したり古代史を研究したり思索に耽《ふけ》ったりしている。

このカリスマワールドに一歩入ると、外の俗世界がどうでもよくなり、ホッとしてしまう。この日は麦茶をいただきながら、先生の鍼灸に対する批判を聞いていた。

先生は他の代替医療が嫌いだが、特に東洋医学に手厳しい。

「私は東洋医学の理論についても一通り勉強しましたよ。でもね、鍼灸とか東洋医学をやってる人に訊くと、『陰陽五行説』も知らないんですよ。ツボの場所を知っているだけです。で、神経がどうとかホルモンバランスがどうとか言う。神経やホルモンなんて東洋医学の概念にないですよ。〝気〟にもいろんな気があるのに、それを知らずに手をあてて気を出しているなんていう。おかしいですよ」

返す刀で西洋医学も一緒に斬《き》る。

「最近、副作用がないからといって医者が漢方薬を出したりするでしょ。おかしいですよね。漢方も副作用は絶対にあります。『気』にしても漢方にしても、もし効くなら副作用は絶対にある。〝効く〟っていうのはそういうことです」

哲学だなあと思う。先生は、科学の前に哲学を据える。その姿勢がすごく好きだ。

さらに哲学が暴走するところはもっと面白い。

先生は私の生活や仕事にほぼ無関心で、初診時の問診票に「職業：文筆業」と記したものの、気づいてもいないようだった。だが、四回目になると、さすがに先生も「授業」の合間に「高野さんは関野先生みたいなことをやってるんですか？　あいう冒険みたいなこととか……」と訊いてきた。

関野さんと一緒にされたら困るので、そんなハードなことはしていないと答えたものの、では実際に何をしているのか自分の口から言うのは気がひけた。いろんなことをやりすぎていて自分でも何が〝専門〟なのかわからないのだ。いちばん当たり障りのない〝専門〟を話してみた。

「未知の動物を探したりしてます。未知の動物っていうのはネス湖のネッシーとかヒマラヤの雪男とか……」

いちばん当たり障りがなくてこれだから、恥ずかしくなり、だんだん声が小さくなった。先生はそれを聞くとまた嬉しそうな顔をした。

「ヒマラヤの雪男？　私はいると思いますよ！」

なぜ、そこでそんな強く反応するのか。驚いたが、次にはもっとすごいことを言い出した。

「雪男はネアンデルタール人の生き残りじゃないかって思うんですよ」

「はあ？」

熱烈な未知動物ファンの間でも聞いたことのない珍説だ。ふつう、こちらが未知動物を探していると言うと、相手はニヤニヤしたり黙ってしまったりするものだ。向こうが元気いっぱいになり、こちらが黙ってしまうなど初めてのことだった。

先生はまた理屈をぎゅうぎゅうにこね上げて、その根拠を説明した。

前にも言ったが、先生によれば、絶滅した人類は頭蓋骨に「バランス異常」が見られる。ところが、ネアンデルタール人の頭蓋骨にはバランス異常が見られない。左右のバランスが正常である。そこで先生は「ネアンデルタール人は絶滅していないのではないか」と考えた。地球のどこかに隠れて生きているのではないか。

おりしも他の本を読んで勉強しているとき（先生は常にいろいろな科学や考古学、民族学の本を読んで勉強している）、「冬眠を司《つかさど》る遺伝子にはガンを抑制するものがある」と知った。そして、それこそがネアンデルタール人が生き延びている秘密じゃないかと考えた。

「あくまで推測ですが、ネアンデルタール人は冬眠するんじゃないかなと思うんです。そしてその冬眠の遺伝子がガンを抑制し、彼らは滅亡せずに生き残った。そして今でもヒマラヤの奥地に住んでいる。なんらかの理由で冬眠の時間が長くなっているから、人間にもあまり発見されないんじゃないか……」

「すごいですねえ！」私は心底感嘆した。雪男の正体は冬眠しそびれたヒグマだとか、大昔に滅んだ巨大猿人ギガントピテクスだとかいろいろあるが、ネアンデルタール人説など初耳だ。

思考のアクロバットと言うのだろうか。これだけ自由に物事が考えられるのは皮肉でなく、素晴らしい。限界はなく、論理がどこまでも飛翔《ひしょう》していく。それこそ一瞬にして銀河の果てまでも飛んでいく。そのとき、自分が自由な人間に生まれ変わったような錯覚をおぼえる。

「これぞ、男子のロマン！」と思った。

私はつい最近まで女子になっていた。〝ダメ女子〟の症状を呈していただけでなく、女子のロマンにも冒されていた。「腰痛を治せばトライアスロンができる」と本気で思っていたのがその証拠だ。トライアスロンだけでなく、ヒマラヤに登るとか、自転車で世界一周するとか、今までやろうとも思わなかったことまでがすぐできるような気がしていた。

腰痛がすべていけない。いまは仮の姿で、腰痛さえ治れば何でもできる……という逆の万能感にひたっていた。女子によく見られる「痩せれば美人」と同じ発想だ。

女子のロマンは身の回りに始まる。きれいな服を着るとお姫様にでもセレブにでもなれる。ちょっとダイエットすれば素晴らしい美人になり、あっという間に素敵な彼氏ができる――。今の自分をちょっとバージョンアップさせると、地位や住んでいる世界まで変わると信じられるのが女子のセンスだ。

いっぽう男子のロマンは、そもそも今の自分とはかけ離れた場所に飛ぶ。古代史の謎とかスーパーカーとか武術の達人とか探検・冒険とか年代もののワインとか田舎《いなか》暮らしとか。その世界に浸っているとき、自分は本来とは別の素晴らしい人間になっている。

つまり自分の変化から世界観の変化に至るのが女子、世界観を変化させることで自分を変化させるのが男子なのだ。だから男子のロマンは考えることが重要であり、実際に何をするかは問題ではない。というより、うちに引きこもって夢想するほうがロマンは育まれる。男子の方が女子よりずっと引きこもり率が高いのもそれが理由ではなかろうか……。

ほんとうにどうでもいい考察で、なるほど妻が「その話、長い?」と先手を打つだけのことはある。

肝心の腰痛だが、カリスマ先生は「ねじれはもうほとんど治ってます。たぶん、これでよくなるでしょう」と明るい声で言った。

治療院の外に出ると日は暮れかかっていた。

腰は治療前よりも重く、だるい。腰椎から紐で漬物石をぶら下げているような気すらして、思わず股の下に石がないか覗《のぞ》き込みそうになった。駅までたった十分弱を歩くのがしんどくてならない。雑踏に突き飛ばされるように歩いていると虚《むな》しさがこみあげてきた。

いつもそうである。カリスマ洞窟に潜っているときは楽しい。エキサイティングである。想像力の翼でどこまでも飛んで行けるような気がする。

だが治療院の外に出ると夢が醒《さ》める。現実世界に戻ってしまう。俗っぽくて、常識の羅列で、しかも腰痛が幅をきかせている。私が本来いるべき世界でなく、紛れもない腰痛世界だ。どういうことなんだろうか。

――そういえば……。

学生時代に潜った洞窟も、入口から入って別の場所に出たなんて滅多になかった。たいていは中に入って、ごそごそ探索して、また同じところから出るだけなのだ。

カリスマ洞窟はほんとうは秘密の地下道ではなく、どこにもつながっていないんじゃないか。現実世界に居場所を失った〝ダメ男子〟の逃避先でしかないのではないか。

5．ガンに勝った!?

案の定というべきだろうか。

「もう治るはず」と明言されたのに、腰の中心と股関節が強く痛んだまま治らない。やはり、体が刺激に過敏になっているんだろうか。しかも、鼠蹊部《そけいぶ》や太腿《ふともも》の張りは最悪に近い。寝たり起きたりを繰り返す。腰が痛くて寝て、腰が痛くて起きる。私の体を動かしているのはもはや脳ではなく、腰である。

ちょうど秋分の日だった。私はまた新宿に向かっていた。長く暑い夏もようやく盛りをすぎ、死んだアブラゼミがあちこちに転がっている。

実に六度目の施術。一ヵ月でこんなに通う患者は珍しいだろう。腰の痛みにぐったりしながらも、カリスマ先生がこの結果をどう受け止めるのか興味津々でもあった。前回先生は「もう骨のズレは治りました。これで腰痛はよくなるでしょう」と言い切っていたのだ。

目黒や砦では、治療者がさまざまなレトリックを駆使して、まるで熟練のボクサーのように、私の疑問をかわしたり、よけたり、かいくぐったりした。さて、カリスマ先生は一体どういうレトリックでこれを逃げるだろう。日頃から尋常でない論理を展開している人だ。どんな突拍子もない理屈で防御するのかと思ったら……。

「え！」と先生は目を見開いた。「よくならない？」

先生が本気で驚いているのに、私の方はもっと驚いた。逃げの技術を何も持っていないのか！

先生は急いで私の腰椎をチェックするが、「おかしい。今の状態は完璧ですよ……」

先生は呆然《ぼうぜん》の体《てい》である。

「これはかなりイレギュラーなケースですね……」と首をひねりながら、私を寝台に仰向けに寝かせ、腹をさわる。

「うーん、腫瘍《しゅよう》もないなあ……」また考え込む。

軽い触診で腫瘍があるかどうかわかってしまうのか。またもや驚き、「すごいですね！」と言ったが、先生はそれどころではない様子だ。自分の理論に絶対の自信を持つがゆえに、まるで肝臓の数値がとんでもない値を示しているのを見た医師のように、正直にショックを受けているのだ。

「やっぱり体が過敏なんでしょうかね」なぜかヘラヘラと愛想笑いをしながら助け

舟を出してしまったが、先生は受け付けない。珍しく厳しい表情をした。

「過敏じゃ済まされないですよ。最悪のケースを想定してもらわないと」

「最悪？」

「例えば、骨髄腫瘍とか膠原病《こうげんびょう》などです」

一瞬、目眩《めまい》がした。二つとも難病ではないか。

「関野先生に精密検査を頼んだ方がいいかもしれない……」カリスマ先生は独り言のようにつぶやいた。

カリスマ先生の手に負えないという事実は私を愕然とさせた。地下の通路が突然、落盤によってふさがれてしまったような絶望的な気持ちだ。

だが、その絶望感の中に、ほんのわずかだが満足感がある。

私の腰痛は並みじゃないとやっと認められたということだ。ガンをも治したことがあるカリスマ先生も私の腰痛は治せない。

ある意味で、「ガンに勝った」ともいえる。

腰痛治癒は絶望的、だけど私は他人とちがう、カリスマ先生にも認められた――という屈折した思い。

しかしこの腰の痛みはいったい何だろう。何度繰り返したかわからない問いをまた繰り返す。

私の体は私がいちばん知っているはずだった。それが並みでないと認められたのは嬉しいが、いったん認められると、怖くなってくる。自分がお腹《なか》を痛めて産んだ、誰よりもよく知っているはずの我が子がコントロールの利かない怪物になってしまった母親のような気持ちだ。

私の腰にいる魔物。いや、私の体そのものが魔物である。

その不気味さといったら、ない。

6．温泉と腹巻

秋の長雨だろうか。しのついた雨が降ったり止《や》んだりしていた。

秘密の抜け道がふさがってしまい、何もやることがない。次に打つ手も思いつかない。

一度、心配した実家の母から「腰痛には温泉がいいよ」と電話がかかってきたが、「そんなもんで治るか！」と一喝してしまった。私の腰痛をなめているのか。ただの腰痛ではないのだ。カリスマも認定するスペシャルな腰痛なのだ。

そのカリスマ先生の治療院にもときどき顔を出したが、まさに「顔を出した」だけ。

「骨は全然ズレていない」とのことで、やることがないのだ。

「異常に過敏な人は女性にはいるけど……」と先生は何度も繰り返す。

やっぱり私は女子なのだろうか。

しかし、この期に及んで、なおカリスマ先生には驚かされた。私の未知動物探しの本を二冊もちゃんと読んだのもさることながら、「大人がバカなことにこんなに真剣に打ち込むことに感動しましたよ。私ももっと枠にとらわれず自由にやるべきだと思いました」というのには心底たまげた。

今まで枠にとらわれていたのか？　鑑真が薬害ガンとか雪男が冬眠性のネアンデルタール人だとかも？

それから私ごときに影響を受けないでほしい。頼ろうとしていた彼氏が急に頼ってくるようで、すごく不安になる。

また、女子モードになってしまった私に先生は最後の一撃を加えた。

「高野さん、一ヵ月くらい、温泉に行ったらどうですかね？　いいですよ、温泉」

「…………」

文字通り絶句。世界に名を馳《は》せるカリスマ治療師がうちの母親と同じことを言うとは……。

温泉を勧めつつ、カリスマ先生は依然として「難病説」を捨てきれないようだ。関野さんに一度来てもらい、カリスマ先生から直接病状を説明し、精密検査をお願いすることになった。

翌日、朝鮮《ちょうせん》海峡をカヌーで渡って帰国したばかりの関野さんに無理を言って新宿に来てもらった。洞窟にこもって滅多に外に出ないカーリーヘアのカリスマ先生が、日焼けで真っ黒の探検家に、「高野さんのMRIを撮って、骨髄腫瘍と膠原病の可能性を調べてほしい」と説明していた。とても現実とは思えない。シュールな光景だな、と私は他人事《ひとごと》のように眺めていた。

カリスマ治療院を出て、また新宿駅前のラーメン屋に入った。関野さんは訥弁《とつべん》ながら、実は話し好きで、世界中で見聞したり自分が体験したりした民間療法について闊達《かったつ》にしゃべる。どの話もひじょうに面白い。

話の中で、何度も「元気になる」という言葉が出てくるので、「元気になるって、医学的にはどういうことですか？」と訊いた。

関野さんによれば、こうだ。

1．交感神経に作用してハイになる
2．痛みが消えて、爽快《そうかい》になる
3．血行がよくなる

こういう漠然とした質問に即答できる能力にいたく感銘を受ける。学問がある人はすごいなと素直に思う。

「高野の場合、血行をよくすることが重要だね」

「血行をよくするには？」

「温めることだよ」

いろんな治療院に通ったが、どこも「体を冷やすな。温めろ。風呂に入れ」というのは見事に共通だった。なるほどと思ったら、関野さんがおごそかな口調で付け加えた。

「やっぱりね、腹巻がいいと思うんだ」

結論は腹巻か！

思い切りずっこけたが、帰宅するなり、ネット販売で腹巻を注文した私だった。

7. 遭難仲間の発見

九月末から十月初めにかけて、ミャンマー情勢が突然緊迫した。首都ヤンゴン（当時）で、経済危機によるデモと武力鎮圧が起き、昔私と一緒にコンゴに行こうとしたビデオジャーナリストの長井健司《ながいけんじ》さんが政府軍兵士に殺害されるという悲痛な事件もあった。

ヤンゴンで辺境専門の旅行会社を経営している日本人の友人から状況を教えてもらっていたのだが、二週間もすると、「今、外国人の締め出しが厳しくなっている」という報告が入った。

半鎖国体制を維持するミャンマー政府は外国人ジャーナリストをひどく警戒し、前からジャーナリストビザというものを滅多に出さない。出しても完全に監視下におく。なのでほとんどの外国人ジャーナリストは観光ビザでミャンマーに入国し取材を行っている。殺された長井さんもそうだ。

そこで政府は観光ビザを出すにも神経質になり、一週間の平凡な旅行でも銀行の預金残高とか勤務先の証明書など様々な書類の提出を義務付け、取得に二週間もかかる状態だという。

「ふつうの観光ビザもこれほどなので、イラワジ河下りの許可はかなり困難になると思われます」と友人は書いていた。

ミャンマーはホテル以外の場所に宿泊するのを許さない。つまり、知り合った人の家に泊めてもらったり、空き地にテントを張ったりしてはいけないのだ。しかし、河下りの場合、なかなか宿などないから、どうしても川原にキャンプしなければならない。すなわち、上流から下流まで、すべて特別な許可を必要とするのだ。

その許可は今の状況ではとても下りそうにないということである。

今年もまた悲願が打ち砕かれようとしている。私はがっくりしつつも、心の底で安堵《あんど》していた。

河下りができない言い訳ができた——。そう思ったからだ。腰痛がこんなにひどくて河下りができるわけがない。だが、腰痛は知人友人にしか話しておらず、公にはしてない。前年はインドに入国もできず読者を失望させたのに、今度は「腰が痛くて行けません」などとはとても言う勇気がなかった。山田先輩には正直に告白し謝ったが、公式には「ミャンマー情勢悪化のため」と説明した。

アル中もヤク中もギャンブル魔も、何か中毒になっている人は「嘘つき」になるとよく聞く。その意味では私も立派な腰痛中毒である。

ともかく、河下り計画は再度延期になった。これで焦る必要はなくなった。私の腰痛は並みでないと認定を受けたのだし、ここは文字通り腰を据えて治療しなければいけないとあらためて決意した。

しかし今度はどちらへ行けばいいのか。元の世界に帰れる方法を授けてくれる人はどこにいるのか。一人ではどうにもならないのだ。

そこへひょんな人間から電話がかかってきた。

「高野さん、俺、腰やっちゃったよ。医者に行ったら『疲労骨折のおそれもあるから、激しい運動はもうダメだ』って言われてさ……」

この上なく暗い声の主はスーダン人留学生、アブディン。通称アブ。

彼はそろそろ三十歳、目が見えない以外は健康そのもので、年々ブラインドサッカーへの情熱は増している。去年は第一回世界クラブ選手権ギリシア大会に出場、今年は日本の全国大会でも準決勝でゴールを二発決めるなどの活躍でチームを優勝に導いた。

今は母国スーダンでブラインドサッカーを普及させるというプロジェクトにも着

手している。いずれは自分もスーダン代表を率いてワールドカップやパラリンピックに出ようという壮大な野望を抱いてのことだ。

　ところが前から少し悪かった腰が悪化したうえ、無理をしてやっていたら今度は股関節も痛めてしまったという。まず腰、次にそれが股関節へ波及。どこかで聞いたパターンだ。

「もう俺、ダメだよ。一生サッカーができないかもしれない……」

　私だって十分絶望的な気持ちだが、サッカー命のアブは「絶望」そのものに陥っているようだ。同情しつつも、私の脳は喜びのサインを全身に送っていた。

　仲間ができてしまった。魔境ともいうべき腰痛世界をたった一人でさまよっていたら、ばったり他の遭難者に出会ったのだ。遭難者が一人から二人に増えても、遭難中であるのに変わりないが、仲間ができるのは心強い。失恋のどん底にいたら、親しい友人も失恋してしまったなんてときの「悲しくも嬉しい」という心境に通じる。

「鍼《はり》は効かないの？」私は気の毒な口調を維持して訊いた。

「ダメだね、今までは効いたんだけどね……。もう目の前真っ暗だよ。あ、それは前からだけど」

絶望に浸りつつも、本能でギャグを飛ばしているのがかえって痛々しい。アブは整体にも行ったらしいが、さっぱり効かなかったと言った。

私はそのときとてもいいことを思いついた。

「アブ、俺、すごい先生を知ってるぜ」

「誰？　どんな人？」

「ガンも治すカリスマ治療師」

「わー、すげえ怪しい！」と叫びつつも、アブの声は急に明るくなった。現金なやつだ。いきなり希望が復活したらしい。

私は自分の腰痛が治らなかったというのをとりあえず伏せ、彼を新宿の秘所に連れて行くことにした。

アブには悪いが、人体実験の材料になってもらおう。もちろん、カリスマ先生の腕を確かめるためだ。関野さんの娘さんが治ったとかガンが消えたとか、話はいろいろ聞いているし、信じてないわけじゃないが、性分として自分の目で確かめたい。

友人をカリスマ洞窟に送り込むとどうなるか。無事に非腰痛世界に戻れればもちろんよし、戻れなければ私のもとに仲間が残ってそれもよし。

他人事となると腰痛を取り巻く世界は俄然、楽しみを帯びてくるのが不思議だ。

8．大乗腰痛

「え、高野さん、自分の腰痛は治ってないの？　それ、詐欺だよ！」

「うるさいな。特別割引にしてもらったんだから、ごちゃごちゃ言わずに来い」

私たちはごった返す新宿駅東口の人ごみを苦労して歩いていた。アブは私の肘《ひじ》に左手をそえ、右手で白い杖《つえ》もついているが、前から来る人はそれも目に入らないらしく、ガツンガツンぶつかってくる。杖につまずいて転びそうになる人もいる。

そういうドサクサまぎれに私が「告白」したものだからアブが怒るのも無理はない。だが、私の卑怯《ひきょう》ぶりを前からよく知っている彼はじきに諦《あきら》めたようだ。

カリスマ先生はいつものようににこやかな顔で迎えてくれた。私自身、関野さんの「彼はお金がないから」との口添えで大幅割引にしてもらったのに、またしても私が「彼（アブ）はお金がなくて」と割引を強引に頼み込んだ。電話では「今回だけですよ」と言われたが、今はそんな気配はおくびにも出さない。本当にいい人である。

外国の訛《なま》りもなく、「また厄介なものを高野さんが連れてきてしまってほんとうにすみません」などとしゃべりまくるアブの日本語力に先生は驚愕《きょうがく》していたが、施術になると戸惑いはない。

アブを診察台にうつぶせに寝かせ、慣れた手つきで足や腰の左右バランスを確認している。

「アフリカ系の人独特の体型ですね。腰椎のくっつき方がちがう」とうなずきながら、例によって、服の上からちょい、ちょいと指を動かす。その間、たかだか五分。傍で見ていると、子供が「整体ごっこ」をしているみたいだ。

「はい、これでどうです？」カリスマ先生が言うと、アブは立ち上がって体を前後左右に曲げたり、足を開いてみたりした。

「え、マジ⁉」アブが大声をあげた。「全然ラクになってる！」

腰も股関節も可動域が倍以上になり、施術を受けた箇所はホカホカしているとアブは弾んだ声で報告した。

——こんなに簡単によくなるのか。

私はその威力に啞然《あぜん》とした。やっぱり「カリスマ」の異名は伊達《だて》ではなかったのだ。整形外科医が匙《さじ》を投げた故障を五分で和らげている。

アブを連れて行った責任上ホッとしたし、友人として嬉しかったのも確かだが、なんとも複雑な気分だ。

一般人はこんなに呆気なくラクになるのに、私だけなぜダメなのか。カリスマ洞窟は確かに元の世界につながっているのに、私が行くと落盤事故が起きる。しかもその理由をカリスマ先生自身、説明できないでいる。

私の腰も診るだけ診てもらったがやはり「まっすぐ」とのことで、手の施しようがなかった。なぜ私だけこうなるのか。

「高野さん、前世で悪いことをしてるんだよ」アブがジョークを飛ばしてワハハハと豪快に笑う。

「そうかもしれない」ジョークを切り返す気力もなく、私は苦笑いした。

「高野さん、今度はちゃんとお金を持っている人を連れてきて下さいね」カリスマ先生も苦笑いをしていた。

アブはそれからカリスマ治療院に三、四回通った。私も毎回ついていった。アブは言語能力だけでなく記憶力も方向感覚も天才的で、基本的に一度行った場所は自力で行くことができるのだが、いかんせん新宿駅は危険すぎた。

特にアブが予約をとる夕方から夜にかけては人が前から横から押し寄せる。アブも危険だが、見えるはずの人たちがアブの白杖《はくじょう》に蹴つまずいて骨折でもしたら事だ。「僕は加害者になりたくない」というアブの希望で、たった徒歩十分弱のために私も毎回新宿に出かけた。

我ながら奇妙な構図である。自分は腰痛がひどくて歩くのも辛いのに、それを押して他人の腰痛治療に通うのだ。

納得いかないことはなはだしいが、「これは大乗《だいじょう》仏教だ」と自分に言い聞かせた。

もともと仏教は出家した人間が自分で修行をつんで悟りを開くことが目的だった。ところが後になり、「自分だけ悟りを開いて極楽浄土に行っていいのか。一般大衆をまず助けるべきじゃないのか」と言う人たちが現れた。彼らは自分たちの新しい仏教を「大乗仏教」と名づけた。それまで一般大衆は出家した僧から功徳を分けてもらい、次の世で現世よりいい立場に生まれ変わるしかできなかったのが、「他力本願」により一気に浄土へ飛ぶことができるようになった――。ちょっとちがうかもしれないが、私はそう解釈している。

自分は元の非腰痛世界に戻れなくても友人は戻してやりたい。これぞ大乗仏教の核心である「慈悲」の実践にほかならない。そういう崇高な行為なのだ。

イスラム教徒の友人を助けることに仏教的な意義を見つけてもしかたないが、他に精神の安定を保つ手がない。

悔しいことにアブはどんどんよくなっていた。施術を受けるたびにアブは「おおっ、すごい！」と嬉しい悲鳴（？）をあげる。

「アフリカの人はお尻が突き出しているんで日本人より入りやすいですね」とカリスマ先生は微笑む。

一度入った骨も、すぐにズレるので、またそれを治す。ひじょうにシンプルかつメカニックな動きなので「治す」というより「直す」と書いた方がぴったりくる。まっすぐに戻すだけだからである。

アブは狭いカリスマ治療院の室内を一発で把握してしまい、まるで目が見えるようにすたすたと歩く。診察台に横たわるのも、出されたお茶を飲むのも、トイレに行くのも鼻歌まじりだ。

「アブディンさんはすごいですねえ」先生もアブが気に入ったようだ。

「日本語はうまいし、頭もいいし、感覚も鋭い。目が見えているみたい。この技術はすぐに覚えられますよ」とカリスマ道に誘う。

「あ、いいですね」とアブもけっこう真剣に答える。「スーダンは医療の設備が整っていないから役に立ちます。僕もせっかく鍼を覚えたんだけど、鍼はスーダン人には心理的抵抗が強すぎて難しい。でもこの方法なら誰にでもできますね」

私の辺境野心と似ているが、比較にならない切実さが彼の口調にはあった。実際、アブはこの技術の習得が可能だろう。先生が自分の腰の骨をいじって「よし、入った」と言うとき、「曰く言いがたい不思議な、でもはっきりした感触を感じる」というくらいだ。

こうして先生とアブが二人で和気藹々《わきあいあい》と盛り上がっているとき、私は完全に居場所がなかった。カップルのデートに割り込んだ気配すらあり、なんだか自分が世界でいちばんマヌケなやつになったような気がした。妬《ねた》ましさや寂しさが沼地のメタンガスのようにふつふつと湧《わ》いてくるが、そんなことに妬ましさや寂しさを感じる自分がなおいっそう許せず、へらへらと微苦笑を浮かべていた。

どうしてこんなことになるのだろう。

これは大乗仏教というより、単なる三角関係じゃないのか。自分がうまくいかなくなった元の恋人に友だちを遊び半分に紹介したら、思いがけずうまくいってしまったみたいな感じだ。

二人が和気藹々としているのはまだいい。最高に気まずいのはアブがトイレに行ったときだった。アブはカリスマ治療院では施術のあとは必ずトイレに入り、なかなか出てこないのだ。

　このとき私と先生の間に微妙な空気が流れる。まさに別れた恋人同士みたいな雰囲気になる。

　それを振り切るように先生が「高野さん、私は十五年前に北海道の実家のそばでニホンカワウソらしきものを見たことがあるんですよ。北海道はまだ自然が残っているからまだきっといますよ。今度一緒に探しに行きましょう」と明るく言う。

　私は苦笑しつつ、ついいつもの調子で「そうですね、でも腰が痛いから……」と答えてしまった。またしても流れる気まずい空気。

　しばし沈黙のあと、先生はぼそっと、

「でも、自然に治ることもあるし……」

「そうですね」

「…………」

　カリスマ治療師に「自然に治ることもある」って言われてもなあ。

　最後に先生は根負けしたように「ちょっともう一回」と私を診察台に座らせた。三十秒ほど何もせず、じーっと見ていた。とうとう念力に頼っているのかと思ったほどだ。

「はい、いいですよ」という言葉に振り向くと、先生ははあはあと荒い息をついていた。何をしていたのか訊きたかったが、気の毒なのでよした。

先生としては、治らない患者はごく稀なうえに、そいつが三日おきくらいにちょくちょく顔を出すのだから、堪《たま》らないだろう。ほとんど嫌がらせだ。

「高野さんをなんとかしたい……」先生は繰り返しつぶやいていた。

ほんとうにいい人なのである。

ともかく、私は大乗仏教の崇高な使命を果たした。友は先に元の世界に送りかえすことに成功した。あとは私自身が帰るだけだ。

その方法について大乗仏教は何も語ってくれないのだが。

第三章　民間療法の密林から西洋医学の絶壁へ

1．医学的原因があった！

ちょうどアブを初めてカリスマ治療院に連れて行った頃、私の方は関野さんに連れられ、立川《たちかわ》にある整形専門クリニックに行った。関野さんの知り合いの専門医に診てもらうことにした。カリスマ先生が難病を疑うからだ。

十月も半ばのどんよりとした日だった。近隣の八王子《はちおうじ》育ちの私にとって立川といえばヤクザと不良の町というイメージだったのだが、久しぶりに降り立つと、駅前はロータリーやら花壇やらできれいに整備され、かつての面影はなかった。面白みも不快さもない普通の郊外の町になっていた。

クリニックは二階建ての何の変哲もない建物だったが、中に入って少し面食らう。七十代、八十代のお年寄りでごった返しているからだ。家族の付き添いでやっと歩ける人や車椅子の人も少なくない。まるで養老施設だ。腰が痛いので座りたかったが、ただでさえ椅子の数が足りないし、ここでは私など「健康な若者」の範疇《はんちゅう》に入ってしまう。おばあさんたちに席をゆずり、自分は立って待つ。三十分待って自分の番が来ると、「やっと座れる！」とそれだけでホッとした。

診察室に入ると、角刈りで頭はごましお、額に三本、しわのある五十年配の先生が、前の患者のカルテに何か書き込みながら、「えーと、何でしたっけ。腰痛だっけ？」と訊く。目を合わそうともしない。患者を次から次へとさばかなければいけないのだろうが、愛想のいい民間療法の治療師に慣れた身には、びっくりする素っ気無さだ。

「前に家の近所の整形外科で診てもらいましたが、医学的な異常は見られないとのことです」とだけ説明した。まさか「カリスマ先生が行けと言うから……」とは言えない。

先生の指示で、診察台に右足と左足を交互にのせる。先生がそれぞれの親指を手で軽く押さえ、「はい、つま先をあげて」という。左足の指は難なく上がったが、右足はまったく力が入らない。

「坐骨神経痛ですね。典型的な椎間板《ついかんばん》ヘルニアですよ」

いたって事務的にカルテに記入しながら言う先生の言葉に、私も関野さんも驚いた。

原因不明でも難病でもなく、椎間板ヘルニア？

「そう、すごくわかりやすいやつ。前にかかった医者はよっぽどのヘボだったんでしょうね」

茫然《ぼうぜん》とする私にさらに衝撃がつづく。レントゲンの結果、「先天性臼蓋《きゅうがい》形成不全」と診断されたのだ。股関節の入りが生まれつき浅いのだという。

「足の張りもここから来てるんでしょうね」とこれまたあっさり。

事態が呑《の》み込めないというより受け入れられないまま放心していると、先生は、「歩くのはダメ」「これっていう治療法はない」「腹筋、背筋と足をあげる運動でしょうね」などと過激な言葉を平然と連ねる。

運動の仕方については、「腰痛運動の手引き」というパンフレットみたいなものを出してざっと説明。「これを一生やってください。年をとるとどんどんわるくなりますからね」と言い、パンフの上にボールペンで「一生」と殴り書きし、ざざっと○で囲んだ。

「整体や鍼灸なんかはどうですか？」

「整体や鍼灸？ ははは」先生は屈託なく笑った。「よく知らないけど、効かないでしょ。まあ、治療するとしたら牽引《けんいん》でしょうね。椎間板は骨と骨の間が縮まっているから、それを伸ばしてやるんです。気がどうのとかよりよっぽど自然でシンプルでしょ、はっはっは」

関野さんと別れ、一人で電車に乗っていると、メラメラと怒りが湧き上がってきた。

まず、最初の整形外科でどうしてわからなかったのか。原因不明だというから苦しみながら一年も民間療法の密林をさまよっていたのだ。もし最初から椎間板ヘルニアとわかっていたら、目黒治療院でも砦整骨院でも数年前に通った中国整体でもそう説明できたものを。いや、椎間板と知っていたらそもそも密林の奥に分け入らなかったかもしれない。初めから西洋医学の山を着実に登っていただろう。

次に怒りはそれらの民間療法に向いた。「股関節が原因の腰痛」とは目黒治療院もデタラメもいいところだ。砦整骨院の「硬血」なんていうのもナンセンスだ。

しまいに、怒りはさっきの整形クリニックへブーメランのように戻った。

なんだろう、あの言い方は。「治療法はない」とか「腰痛体操を一生」とか、よくそんな深刻なことを「納豆は体にいい」みたいな軽い口調で言えるものだ。しかも民間療法を笑い飛ばしやがって。

またしても歴代の彼氏をまとめてバカにされたような気分になった。

でもその怒りは満更的外れでもない。関野さん自身、クリニックを出たあと、「牽引は効かない」と首を振ったのだ。

家に帰る頃には怒りもだんだん収まり、同時にどーんと落ち込んだ。椎間板ヘルニアはそう簡単に治らないと聞いている。先天性なんとかも、治療法はないらしい。腰痛運動でよくなるくらいなら、みんな民間療法などに頼らない。他にないということなんだろう。

これまで私は民間療法のジャングルをあてもなく彷徨《さまよ》っていた。それが突然、登るべき山が見えた。ところがその山は断崖《だんがい》絶壁の険しい山だった。目標は見つけたが、どうやって登るか見当もつかない。なにしろ「歩くのはダメ」というのだ。どうやって登るんだ。比喩《ひゆ》にしてもだ。

ふつうはその山が登れないので別ルートを探そうと民間療法ジャングルに足を踏み入れるのに、順序が逆だ。

もしかすると実は今までが長い長い前置きで、これからが腰痛放浪の本番なのだろうか。

結果をカリスマ先生に電話で知らせると、「整形に行ったらそう言われるに決まってますよ」と笑われた。「だからMRIを撮らなきゃって言ったのに」また笑われてしまった。どうして痛い目にあっている私が健康そうな先生方の笑いものになっているんだろう。

さっぱりわからないが、数日後また立川のクリニックへ行き、MRIを頼んだ。ざっくばらんというかぶっきらぼうというか、先生は「MRIなんか必要ないと思うけどね」と冷笑しながら紹介状を書いてくれた。

また数日後、それを持ってMRI専門の病院に行き撮影。データをそのまま立川のクリニックに持って帰る。

「あれ？」画像を見て先生の表情が変わった。「これ、狭窄症《きょうさくしょう》じゃないか……。いや、気づかなかったなあ」

何が来ても驚くまい、と私は自分に言い聞かせた。やっぱりカリスマが正しかったのか。

こちらに向き直ると先生は「脊柱管《せきちゅうかん》狭窄症がありました」とあらたまった口調で言った。背骨（脊椎）には神経の束が管に入って水道管のように走っている。それが脊柱管だ。その管が生まれつきや加齢（老化）で狭くなることがある。狭くなると神経が圧迫され、痛みが出る。それが脊柱管狭窄症だ、と先生は説明した。私の場合は加齢によるものではなく、先天性のものらしい。

「いや、申し訳ない。これはMRIじゃないとわからないですね」先生は素直に頭を下げた。

ほら見ろ！　と一瞬スカッとしたが、一瞬のことだった。脊柱管狭窄症も確たる治療法がないというからだ。

「やっぱり腹筋、背筋ですね」

またか！　あらゆる腰の病は、温泉・腹巻と腹筋・背筋、つまり温めることと筋肉を鍛えるという二点に集約されていくのだろうか。

いっぽう、笑われるのを承知で「脊髄《せきずい》腫瘍とか他の病気はないですか」と訊いてみたら、案の定「ないですよ」と笑われた。

結局、カリスマ先生が心配していた超シリアスな病気はなく、代表的な腰痛二種と先天性臼蓋《きゅうがい》形成不全があるだけだった。いや「だけ」とは言わないか。三種類もあるのだから。

それにしても腹筋、背筋と気軽に医師は言うが、いったいどういうつもりなのだろう。

こっちは腰が痛いのだ。腹筋を十回もやればすぐ腰にくる。体を後ろにそらす背筋など論外だ。「手引き」のやり方に従えばちがうのかと思い、家に帰ってやってみるが、たちまちズキンという強い痛みが走った。

やっぱり。

予想していたことが予想どおりに起きただけなのに、またぼんやり窓の外を眺めてしまった。

のろのろと自室に行き、数日前に届いた腹巻の箱を取り出した。商品千八百円、送料三百円、代引き手数料六百五十円、都合二千七百五十円……って何て高い腹巻なんだ。

箱を開けてみると、ただの薄っぺらい化繊の腹巻だった。同封された商品説明書には「光電子繊維に含まれるセラミックが、人特有の放射エネルギーを吸収・増幅して体に送り返す」などと、わけのわからないことが書いてある。

エセ科学もここまでくると立派な詐欺ではないかと憤ったが、このエセ科学を束の間とはいえ信じたあげく、三千円近い値段を承知の上で注文したのは他でもないこの私だ。「高価」だと「効果」があるような気がしてしまうのは同音異義語の魔術だろうか。

新しいクリニックや治療院は、やたら淡いパステルカラーを内装に使う傾向にあるが、この腹巻も淡いパステルグリーンだった。薄っぺらい色の薄っぺらい腹巻をまいて、鏡の前に立った。

あまりに情けない中年男の姿が映り、私は思わず「うっ」と目をそらした。いかん！　こんなことでは。腹巻に委《ゆだ》ねなければいけない人生なんて、絶対に認めない。

私はもっと積極的に腰痛に取り組みたいのだ。

2. 私は〝難病〟だった!?

立川の先生が口にしていた〝病名〟である「脊柱管狭窄症」をインターネットで調べてみた。

特徴的なのは「間欠跛行《かんけつはこう》」だとある。「ちょっとの距離でも歩くと足が痛んで動かなくなる。少し休むとまた足が動くが、しばらくするとまた足が動かなくなる」という状態を言うらしい。

ビクッとした。私は腰だけでなく足も痛む。ここまでひどくはないが、やはり脊柱管狭窄症の症状が出ているのだろうか。

だが、腰痛でこんな症状は聞いたことがないなあと思っていたところ、「患者」を発見してしまった。当時中日ドラゴンズに所属していた中村紀洋《なかむらのりひろ》選手（通称ノリ）だ。新聞のスポーツ欄に、「腰痛のため五十メートル歩くにも何度も休まねばならない」と書いてあるのを見つけ、「これ、間欠跛行じゃん！」と思わず声をあげてしまった。

ノリのすごいところは、――あくまで私の推測だが――脊柱管狭窄症を抱えながら、五番打者としてドラゴンズの優勝争いに一役も二役も買っていることだった。特に私が贔屓《ひいき》するジャイアンツ戦ではいい場面でよく打っている。歩けないのに毎日野球をしているとはおそるべし。

「今後はノリに打たれるのなら我慢しなきゃいけないな」と思った。

狭窄症をさらに調べていて、驚くべき事実を発見した。二ヵ所以上狭窄症があればそれは「特定疾患」と書いてあるではないか。特定疾患とは厚生労働省が「治療が困難である」と認めた、いわゆる〝難病〟である。カリスマ先生が心配した膠原病も特定疾患だ。

ええっと思った。

私は二ヵ所、狭窄症があると言われたのだ。やっぱり難病だったのか。

衝撃だったが、少し嬉しい。「あんたの腰痛は半端じゃない」と厚生労働省に認定されたような気分になる。

少し嬉しいがほとんど絶望的という、片思いの相手が自分のことを好きだと書き残して死んでしまったような異常に複雑な気持ちにとらわれた。

しばらくして関野さんから電話がかかってきた。

「内視鏡手術という手がある」と言う。関野さんはネットで調べて、「脊柱管狭窄症手術の名医」という先生を見つけてくれていた。

「入院三週間で治るって書いてあるよ。これ、いいんじゃない？」

手術。そんなウルトラCがあったのか。パーッと世の中が光り輝いて見えた。白馬にまたがった王子様が突然現れたようだ。長年の夢が今ここで叶ったような気がした。

やっぱり、最後に頼るのは西洋医学だよなと現金にも思った。

なんだかんだ言っても、西洋医学は古代ギリシアの時代から一つずつ先達が積み重ねてきたものなのだ。それが今では見上げるのもままならない高峰となっているわけで、個人の思いつきがごちゃごちゃにからまった民間療法ジャングルとはわけがちがう。

どうして手術という明快な治療法を立川の整形外科医が提示してくれなかったのかという疑問は残ったが、これも少し考えてすぐわかった。ふつうに会社勤めをしている人や世話すべき子供や親がいる主婦などは、よほどのことがないかぎり「入院三週間で手術」という選択肢はとりにくい。職場や家庭への迷惑や負担が大きすぎる。それこそ全く歩けなくなるくらい悪化してから考える手段なのだろう。

だが、幸いなことに私は自由業。今年は三月に自転車旅から帰ってから仕事らしい仕事はしていない。腰痛治療に専念している。来年にいたっては一月から三月までイラワジ河下りをする予定だったから、取材も執筆も何一つ予定に入れていない。完全フリーだ。三週間の入院など余裕だ。

経済的にも問題がない。不思議なことに、腰痛の悪化と軌を一にするように本が売れるようになってきた。文庫の印税という謎の怪獣のようなやつが出現したうえ、韓国語版の印税というUFOじみた物体も飛来した。二十年近く「売れない、売れない」と嘆きつづけた私を神様が哀れに思ったのだろう。そして、その神様は妙にバランス感覚に優れていて、金運を上げた分、健康運を下げているのかもしれない。

もちろん大儲《おおもう》けからは程遠いが、当分の間、生活費と治療費は捻出《ねんしゅつ》できそうだ。「よし！」と私は勇ましく決意し、関野さんが教えてくれた神奈川県の病院に出かけることにした。西洋医学の名医が高みでお待ちになっているはずだ。

名医のおわす「宮殿」に向かったのは十月二十一日の誕生日（四十一歳になってしまった）の翌週のことだった。東横《とうよこ》線の駅に降り立つと、のどかな住宅地の向こうに青い空が広がり、飛行機雲がどこまでも伸びていた。まだ午前中なのに風が心地よくて、昼寝でもしたくなる気分だ。「秋だなあ」としみじみ思う。目黒治療院に通い始めたのは春の初めだったから、ずいぶん時間がたったものだ。変わってないのは腰の調子だけで、町の景色も変われば、私の通院先も劇的に変わっている。

名医のいる病院はホテルのように美しかった。受付は「フロント」と言いたくなる様子だし、天井の高いロビーにはスターバックスコーヒーが入っている。西洋医学のサービス精神も着実に進化していることを実感する。

ただ、いくら進化しても待ち時間は改善されないらしく、整形外科の診察室前でたっぷり二時間待たされた。だがこれから白馬の王子様と対面となれば、多少の時間は屁《へ》でもない。

「高野さーん」と呼ばれると、ビクッと飛び跳ねるように立ち上がり、急ぎ足で診察室に入った。

西洋医学の名医に会うのは初めてである。私の頭の中には「名医＝カリスマ＝ネアンデルタール人」というイメージが張り付いており、クセのあるユニークな先生だろうと思い込んでいた。だが、目の前に出現したのは、その真逆のような人物だった。

のっぺりした顔に表情はなく、声にも抑揚がない。まさに機械。ひたすら正確な精密機器のように名医は私にいくつか質問し、そのあとで所見を述べた。私はパソコンに音声データを読み上げられているような錯覚に陥り、現実感を失った。もっとも現実感がなくなったのは先生の態度や性格だけでなく、「データ」の内容にも原因があった。

名医は、一枚がポスターほどもあるＭＲＩの画像を六枚まとめて大きなビューアーに留め、伸縮式の棒で指し示した。何を言われるのか、私は固唾《かたず》を呑んだ。運命の瞬間である。

結果は驚くべきものだった。

「狭窄症の症状は出ていません。椎間板ヘルニアでもありません」と言うのだ。

「えっ」と言ったまま私は止まってしまった。こっちの方が機械になってしまった。壊れた機械に。

狭窄症でも椎間板ヘルニアでもない？

「強いて言えば椎間板変成ですね」と名医は私の茫然自失ぶりにも構わず、続ける。

「ここを見て下さい。第四・第五腰椎がぺたっと潰《つぶ》れて黒く変色しています。これが椎間板変成です。これがもっとぺたんこに潰れて横に飛び出して神経に触れると激しい痛みを引き起こす――『椎間板ヘルニア』です……」

どうやら椎間板変成とはヘルニアになる前の状態らしい。そして察するにヘルニアよりもずっと軽症のようである。ただし名医は、私がどうすればいいのかよりも、手術の話ばかりする。

「椎間板変成については現代の医学ではどうにもなりません。取り替えがききませんから。二十年くらいしたら人工素材が開発されるかもしれませんが」

先生はあくまでメカニカルに言う。手術するかどうかという点にしか関心がなさそうだ。さすが内視鏡手術の名医、まさに「手術職人」なのだ。

名医のお言葉が終わったようなので、「足の張りは先天性臼蓋形成不全のせいだと言われましたが……」とやっと自分から質問をした。

「そうですね。その可能性はありますね。治療法は手術だけです。ただ手術となると、足の筋をいったん切り離して関節の内側を削らなければならないですね。その際、金属を中に埋め込むので、二十年後にはメンテナンスのためもう一度足を切断して……」

名医は手術の話になると饒舌《じょうぜつ》だ。喜怒哀楽がないように見えて、ひじょうにノッているのかもしれない。普通の人は「可能性がある」程度で両足をぶっちぎる話を延々としたりしない。

名医のメカニカルトークに打ちのめされて、私はよろめくように診察室の外に出た。

愕然とはこのことだ。難病でもなければヘルニアでさえないなんて……。ささやかな〝特権意識〟もブチ壊れ、あとは「ただの腰痛」という平凡で重い現実だけが残った。

そそり立つ巨大な岩壁は幻だった。私はまた元の得体の知れない密林に取り残されていた。

第四章　会社再建療法

1．他力から自力へ

カリスマ先生に見放され、名医にも門前払いを食い、そうこうするうちに早くも十一月も半ばになってしまった。温暖化著しい東京都内でもさすがに落葉が歩道にたまるようになった。

「まずい、もうすぐ冬だぞ」私は慌てだした。

腰痛に寒さは大敵だ。もっとも、暖かい間は楽だったかというとそんなことはまったくなく、順調に悪化している。そういえば、梅雨の間は「湿気が腰にわるいんだろう」と思ったし、夏の間は「エアコンや扇風機の風がよくないのでは」と疑い、秋の雨や台風のときは「低気圧の影響じゃないか」と考えた。

要するに、私の解釈ではどんな季節も「腰によくない」ということになってしまうのだが、それでも「冬＝最悪の季節」説はゆるがない。

他に打つ手もなく、「体を温める」「体を鍛える」という根本療法にいそしんだ。腹筋・背筋は痛くてできないから毎朝、ウォーキングをする。要するに散歩である。

ウォーキングを終えて帰るといつも腰がひどく突っ張る。出かける前に沸かした風呂に入る。私はもともと風呂も温泉も面倒くさくて好きじゃないが、我慢して十五分くらい湯船に浸かる。汗が滝のように流れ落ちる。

しかし、風呂は本当に効果があるんだろうか。たしかに代謝促進にはいいかもしれないが、それを言うなら私は本来、人の五倍くらい汗をかく体質で代謝は異常にいい。わざわざ風呂に入るまでもない。だいたい、狭いバスタブで体を屈めていると腰がどんどん痛くなってくる。風呂からあがると、腰の痛みと暑さでぐったりしてしまう。

療法に疑問を抱き、「風呂に入った直後、腰が楽になります？」と某社の担当編集者であるIさんに訊いてみた。Iさんも腰痛持ちであり、「お風呂は入った方がいいですよ」と言っていたからだ。

すると答えはなんと「もちろん」。

「え？」と小さく叫んでしまった。「楽になる⁉」

Iさんは「何を今さら」という顔でキョトンとしていた。いや、ちがうのである。

私は「毎日風呂に入っていると体が温まり、何週間か何ヵ月かしたら腰痛が楽になりますよ」という意味だと思っていた。その場では何も変化しないものと思っていた。

しかし、Iさんは風呂に入るとダイレクトに腰が楽になるという。「温泉」も含めて、他の知人や家族にも試しに訊いてみたが、やはり答えは「そりゃ（風呂や温泉に）入った直後は楽になるよ」とのことだった。

あらためて愕然とする思いだ。私は今までの人生で風呂や温泉で体が温まり気持ちよくなったことはあっても（体が冷え切っているときだが）、痛みや張りが軽減したことなどないのだ。

私の腰痛には保温療法は効かないということか。

やはり腹筋・背筋しか道がないのだろうか。「腹巻」もあるが、それは積極的な療法とはいえない。だいたい「腹巻」は「療法」なんかじゃない。

そこでふと思考が止まった。自分はあまりに他人まかせなのではないだろうか。最初は抵抗を感じていた治療（施術）だが、ずっと受けているとそれが当たり前になり、いつの間にか「誰かが何かをしてくれるはず」という思いが身についてしまっていた。一種の依存である。

いつか凄腕《すごうで》の治療師が現れて何もかも解決してくれるのでは……なんて、まるっきり「白馬に乗った王子様」を待つ乙女のような期待に満ちているときもあるが、これも受身の極致だ。

だいたい、腰痛患者である自分を女性、治療者を男に喩《たと》えたりしてきたが、今どき女性もそんなに受身ではない。自立が基本だろう。自分から積極的に行かなければ。行くって何を？　という感じだが、イエスも「求めよ。さらば与えられん」と言っている。

自力といえば、ヨガ、ストレッチ、腹筋・背筋などが頭に浮かんだ。しかしストレッチは目黒治療院に通っていた頃から何度も繰り返し言われその通りにやってみたが、いつも必ず痛みが倍増して終わった。

ヨガは実は経験済みだ。数年前、カルチャーセンターのヨガ講座に三ヵ月通ったのだが、体のあちこちが痛くなったりだるくなったただけで終わった。毎回レッスンの開始時に、そのヨガの流派の祖でインドの聖者の生まれ変わりである日本人の先生の名を唱えて合掌するという、かなり抵抗感の強い試練を乗り越えただけに、遺憾だ。ヨガが向いていないのか、「インド」がそもそも私には鬼門なのか。

残るは背筋・腹筋しかない。しかしやると痛くなる。

「これが正真正銘の『矛盾』だ」と嘆いていたときのこと。

「PNFっていう療法があるよ」と妻が言った。かなり意外なことだった。

本格腰痛になって以来、毎日毎日、「腰が痛い」を呪文《じゅもん》のように繰り返してきた。ときには愚痴、ときには悲鳴、ときには言い訳（「腰が痛いから掃除機をかけるのは無理」とか）であり、相当イライラしただろうが、妻はほとんど意見めいたことを言わず、かといって特に慰めもせず、極力聞き流そうとしていた。賢明な選択である。

その妻が初めて「やってみたら」という。

彼女によればテレビや映画にも出ている有名なバレリーナが推薦しているらしい。その人は二十代のとき厳しい練習のしすぎで体がボロボロになってしまったがPNFの療法でよみがえり、四十代の今は「二十代のときより体が動く」と語っているそうだ。

もう一つ、私が驚いた理由は、PNFという名前に心当たりがあったからだ。日本を代表するプロ野球選手がPNFの療法をずっと続け、体をケアしていたと本で読んでいたのだ。その選手がプロ入りしたのは一九九四年。当時はまだ日本ではトレーナーがほとんどいないアメリカ最先端の技術ということだった。

妻の指示には反射的に体が動く習性があるうえ、一流ダンサーとトップアスリートが救われているという事実が重なり、その場でＰＮＦのホームページをチェックしてみた。

すると「腰痛」が大きく取り上げられているばかりか、「脊柱管狭窄症や椎間板ヘルニアの人にも効く」と書いてあるではないか。

療法は説明を読んでもピンとこないが、どうやら「故障箇所に痛みを与えないように周辺の筋肉を鍛える」ということらしい。まさに私が望んでいた方法だ。

三日後、御茶ノ水《おちゃのみず》にあるＰＮＦ研究所に出かけた。

書店が並ぶすずらん通りを抜け、交差点を渡ると、今度は靖国《やすくに》通り沿いにヴィクトリアをはじめとするスポーツ用品店街になる。今はもっぱらスケートボードが店頭に並んでいる。ボーダーが白銀の中、華麗なジャンプを披露しているポスターも見える。以前、そういう写真を見て、「一度やってみたいな」と思ったこともあったが、いまは「腰にわるそう」という感想しか出てこない。

さてＰＮＦの施設である。

今まで「西洋医学」と「民間療法」の両方に通ってきた私だが、ここの雰囲気はずばり民間療法系。スタッフは親切で愛想がよく、ビルの五階ながら室内は窓が大きく開放感がある。

施術、いやトレーニングを行う場所に入ると、診察台のような寝台がいくつか並んでいた。まわりにはゴムの大きなボールやマットが置かれ、以前覗いたことのある病院のリハビリ室によく似ている。

「もともとPNFは小児マヒや脳性マヒの患者のリハビリとして考え出された」というからそれも当然だろう。担当の先生は理学療法士。要するにPNFとは理学療法の一つなのだ。

担当になった先生は三十歳前後、フレームなしの眼鏡《めがね》をかけ、しっかりした体つきをしている。いかにも「学生時代スポーツをやっていて勉強もできた」という感じの爽やかなタイプだ。

驚くことに、先生の説明は今まで通った治療院やクリニックで言われたことの総決算のようだった。

まず、腰痛の原因を「腹筋と背筋のバランスが悪いこと」に求める。背骨が地上から直立している動物は人間だけである。いわば不自然な体勢を支えているのが腹筋と背筋だ。どちらかが弱いと、背骨は弱い方向に傾く。そのとき傾いた背骨（腰椎）が神経に触れて痛みが出る。だから腹筋・背筋を同じ程度に鍛えて支える。つまり天然にコルセットを巻いたような状態にしてやれば痛みは出ないということだ。これは整形外科の考え方と同じである。私の場合は腹筋が弱く、背中が反り返っているという。

また、左の肩が上がりやや前に出て、右の肩が下がりやや後ろに出ているというのはカリスマ先生のところで言われたとおり。要するに「ねじれている」のだ。ねじれたまま体を前に曲げたら当然負担がかかる。こちらも「やってもらう」のではなく、筋肉をつけて左右のバランスを整える。

股関節が痛いのは、立川のクリニックで言われたように、骨盤の入りが浅いので負担がもろにかかったのかもしれないし、目黒治療院でも言われたように真冬の自転車旅のせいかもしれないという。

「股関節の筋肉が硬くなっている」とも言われた。この筋肉が硬いと、腰が引っ張られてヘルニアがひどくなるそうだ。大本の原因は腰にしても、股関節の筋肉がそれを助長もしくは痛みのきっかけ作りをしている——。これは目黒治療院で言われたことと同じだ。

だがここでは股関節の筋肉の緊張をほぐすために治療師が技をかけるのではなく、

私自身が筋肉を自分で動かして和らげる、となる。また「後ろに重心がかかった姿勢」も問題とされた。歩き方も「忍者歩き」。これも目黒治療院でさんざん指摘されたことだ。

なんだか、手品を見ているような気分だ。それぞれ相容《あいい》れないと思っていた各治療院・クリニックの意見が、ここでは見事ひとつに融合している。

説明を聞いたあと、少しトレーニングを受けてみた。

やり方そのものは決して難しくない。例えば、寝台に仰向けに寝て、腰にあてたタオルをつぶすようにしながら曲げた足を左右交互に倒す。これだけでも腹筋がつくという。しかも腰は少しも痛くない。

いちばん驚いたのはベッドの端に寝て行う、左右の腿の上げ下ろし。先生が軽く手で押さえるのを跳ね返すように十回上げる。何でもないことのようだが、めちゃくちゃキツい。終わったら膝がガクガクと震えた。「筋力が全然ないですねえ」と先生がにこにこして言う。自転車で山は登れるのに体を支える筋肉はまるで使っていなかったらしい。

PNFの画期的なところは、「やってもらう」ではなく、「自分でやる」という点にある。他力任せでなく自力救済。「治療」ではなく「レッスン」。実際、先生も

「ＰＮＦはリハビリの域を出ません。魔法じゃないし病気が治るわけでもないです」と明言している。

治すわけじゃない！

新鮮な響きがミントのように耳にひろがった。

腰痛の原因は除去できない。その現実を見据えろ、というのだ。いつか白馬の王子様がやってきて万事解決してくれるとか、朝起きたら治っていたとか、そういう乙女チックな夢は持つなというのだ。

やるのはもっぱら筋トレとストレッチ。男らしく行って今度こそ治る……！というのが、これまた別バージョンの乙女の祈りでなければいいのだが、私はもうすっかり大船に乗ったような気分になったのだった。

2．リストラの嵐

ＰＮＦは驚きの連続だった。

「体験レッスン」の際、腹筋と背筋のバランスをチェックしてもらい、「背筋が強くて腹筋が弱い」という診断を得ていたが、正式に入会してもっと詳しく診てもらったところ、腹筋は「弱いというか、全く使ってませんね」と言われた。腹筋力ゼロか。「男らしく行くぞ！」という決意を揺るがすに十分すぎる一撃だ。

ぐらっときたが、「でも逆にいえば背筋はあるってことですよね？」と先生に訊く。私の頭には椅子の背もたれに凭《もた》れかかったような姿勢のイメージがある。腹筋はだらしなく伸びていても、「背もたれ」つまり背筋は頑健なものにちがいない。

ところが、そう簡単な話ではなかった。

同じ背筋でも左右がちがう。私の場合、「左は強いけど、右は弱い」と診断された。これにもへえっと感嘆のため息がもれた。今まで中国整体で何度も「背中の左側が張っている」と言われていたのだが、ここでは「左は強い」となる。筋肉量を問題にしているのだ。もちろん、いくら片方が強くても左右アンバランスでは意味がない。

しかしもっとひどいのは上下のアンバランスだった。

「上はすごく発達してますが、下は筋肉が少ないですね」先生は驚きの声をあげた。

「下側三分の一はほとんど筋《すじ》だけですよ」

次から次へと私の体が解明されていく。ホームズの鮮やかな推理を聞くワトソンみたいな気分だ。だが、その推理の結果は悲しすぎるものだった。

腹筋はダメ。背筋の右側もダメ。下側もダメ。ということは、私は自分の体を支えるのに、左上の背筋しか使っていないということになる。体の上半身のうち、まともに機能しているのは面積にして八分の一くらいか。

ウソだろうと言いたくなるが、部位ごとのトレーニングをやってみると、腹筋も背筋もぷるぷると震えてしまう。「ウソだ！」と精神が言い張っても体が「ダメです～」と白状しているのだ。先生は「ほらね」という顔をしている。

太腿にしてもそう。「張りがある」と訴えたら、「筋肉が弱いんでしょう」と即答された。つい半年前、あれだけ自転車で山越え谷越えして走ってきたから足の筋肉がないとはとても信じられない。ところが、先生に命じられ、柱に手をつき、片足で踵《かかと》の上げ下ろしをやってみると二十回が精一杯だった。

「成人男性は二十回以上が正常なので、まあギリギリ正常ですね」。先生は淡々と言う。ふくらはぎの筋肉がないらしい。

そのあと、尻の筋肉も使っていない、腿の内側の筋肉もないとバシバシ指摘され、我が筋肉たちはぷるぷる言いながら「ほんとです。もう許して下さい」と無残な悲鳴をあげた。特に内側の筋肉は使えておらず、げっそりと落ちているとのことだ。

「お年寄りでよくO脚の人がいるでしょ？　あれは腿の内側の筋肉が弱り、外側の筋だけで支えようとしているんです。あれと同じです」

驚きを通り越し、衝撃の連続だった。

私は今まで「自分は体力はある。ただ腰が痛いだけ」と思ってきた。腰痛が治ればトライアスロンもできるというのは乙女の夢にしても、一般人よりは体力があることを信じて疑わなかった。西洋医学のクリニックでも民間療法の治療院でもそれを否定されたことはない。しかしそれはただの「自分神話」だった。体力じたいがないのだ。

深い失望で海に身投げをしたくなるほどだったが、心の底では「面白い」と思っている自分もいた。

ＰＮＦの方法はこれまで私が通ってきた各種治療院とは根本的に異なる。

目黒治療院と砦整骨院では「痛み（張り）がある場所」をほぐすことに神経を集中していた。ＰＮＦも痛みの箇所をほぐそうとはするが、それは主目的ではない。

先生は言う。

「痛むのは負担がかかっているせいです。ただほぐしても負担が変わらなければまた元に戻ってしまう。でも他の筋肉を動かして使えるようにすれば負担が減って楽になるんです」

これは会社に喩えることができる。サボっているダメ社員がたくさんいると、一部の勤労社員ばかりに負担がかかる。やがて負担に耐え切れず勤労社員が倒れてしまうと、残りの勤労社員にもっと負担がかかり、ドミノのようにみんなバタバタと過労で倒れ、会社がどんどん傾いていく。

私の「会社」もダメ社員がそこら中にいて社内がめちゃくちゃになっているのだ。一部の勤労社員がかろうじて頑張っているが、もう限界に近く悲鳴を上げている。それが「痛み」だ。

だからそのダメ社員を教育しなおして再び戦力にしよう——。少なくともPNFという経営コンサルタント会社の先生はそう言っている。

リストラクチャリング。最近では「解雇」の意味で使われるが、本来の意味は「再構築」すなわち「再生」である。私の「会社」ではリストラの嵐がこれから吹き荒れるのだ。

しかし、会社を再生するにあたり、何がいちばん大事なことかというと、それは社長の意識改革である。誰が一生懸命働き誰が仕事をしていないかをトップが見極めなければ話が始まらない。

もっと重要なのは再生の意志だ。従来のようになあなあでやっていたら、再生も何もない。自分の会社がダメだと認めるのは辛いが、いまや会社も創業四十年。組織にガタがきている。さらに押し寄せる不況の波。景気のいいときは適当にやっていてもなんとかなったが、冬の時代は厳しい態度で生き抜かないといけない。

そう、私の「会社」では他ならぬ私が「社長」なのだ。

腰痛おそるべし。ついこの前まで女子だったが、再度性転換したのみならず、一気に社長に出世していた。

「改革には痛みが伴う」といろんな政治家や企業家が言っているが、実はちがう。痛みが出ているから改革をするのだ。改革に伴うのは痛みでなく努力である。

みなの者、私について来い！　と私は社員全員に号令をかけた。

3. 社会主義独裁国家のシェルター

朝飯の前に居間で四つんばいになった。ここから右手を床と水平になるようにまっすぐ伸ばす。これだけでも手が震えるのに、さらに左足も後ろに伸ばす。

全身がぷるぷる震えるのに必死で耐えていると、顔がいきなりべちゃっと濡《ぬ》れた。

「うわっ」と思って見れば、犬のダルマがぶんぶん尻尾《しっぽ》を振りながら私の顔を舐《な》めていた。

「こらっ、ダメ！　今トレーニングしてるの。あっち、行ってろって！」

四つんばいで厳しく言っても説得力がないらしく、ダルマは後ろからズボンのすそに嚙みついて引っ張ったり、四つんばいの下に潜ったりしている。

それを見た妻が大笑いした。

「無理ないよ。遊んでるようにしか見えないんだから」

彼女によれば、私の姿勢はでたらめで、手も足も首もまっすぐになっている部分は一ヵ所もないという。体の各パーツをいつもまっすぐにせよというのがPNFの基本であり、自分で必死でそれを維持しているつもりなのだが、横から見るとタコのようにぐにゃぐにゃらしい。しかもタコ足はみなぷるぷる震えている。

――はあ……。

ため息をついた。会社再建の道はなかなか困難だ。

PNFは週一回か二回のペースで通っていたが、それだけではいけない。語学や趣味のレッスンと同じように家で復習しないと意味がない。「ホームトレーニング」と呼ばれる課題を出され、家で一日二、三回はやるようにと言われている。

ある日のメニューはこんな感じだ。

腹筋（膝を左右に倒す）　一分
同上（足の曲げ伸ばし）　一分
内股上げ左右　二分
四つんばいから片手上げ　十回×三セット×左右
壁に手をついて踵あげ　十回×三セット×左右
バランスボード　一分×左右

全部やっても十分から十五分だから大したことがないようだが、けっこうきついのだ。しかも四つんばいになって、手足をぷるぷるさせていると、必ずダルマが「お、何おもしろそうなことやってんの？」という顔で飛んでくる。

犬は雰囲気に敏感だ。多少でも緊張感をかんじると、仕事か何かと思って絶対に近寄らない。実際に妻のストレッチなど全く反応がない。なのに、私のホームトレーニングは大喜びだ。ぷるぷるが彼の琴線に触れるのかもしれない。せめて、犬の気をひかないくらいビシッと手足が伸びないと話にならない。

一日三回こなすのも相当な努力が必要だ。外出がちだったり飲み会があったりすると、三回がすぐ二回か一回に減じてしまう。

しかし、もっと困難なのは姿勢の維持だった。

ＰＮＦでのトレーニングは、立ち方と歩き方を細かく指導される。かつて目黒治療院に通っていたときも指摘されたが、今回は具体的に訓練が行われた。

例えば十二月のはじめ、八回目のレッスンはこんな感じだった。

まず「まっすぐ立って下さい」と言われ、そうしたつもりだが、「肩が前に出すぎ」と言われた。だが、肩を後ろに引くと痛みが腰に走る。「それでは肩を後ろでなく、下に下げて下さい」と先生。そうしたら、首が伸び、痛みが出ない。さらに、「脇をしめて」「腹に力を入れて」「そっくり返ってますよ。やや前傾姿勢で……あー、それは前に倒れすぎ」などなど、指示が飛び、実際に先生が私の姿勢を手で直す。

まるで野球選手がコーチと一緒にバッティングフォームの矯正に取り組んでいるようだが、実際にはただ立っているだけだ。あまりにも意識しすぎて、だんだん「立つ」ということがどういうことなのかわからなくなってくる。

「立つ」とはなんぞや、としばし考える。哲学命題ではなく、具体的な課題としてだ。

毎回そうなのだが、十分くらい四苦八苦すると、なんとか「立つ」ことに関しては先生のＯＫが出る。だが、ここから次に「歩く」という難関が待ち受けている。

「じゃあ、姿勢に気をつけてゆっくり歩いて下さい」と先生に言われると、私は深呼吸をし、まず十秒くらいかけて体をまっすぐにして「立つ」。その姿勢を崩さないように、まるでガラス細工を運ぶように、そろそろと足を交互に出す。体は緊張でガチガチにかたまっている。

「ロボットみたいですよ」先生が笑う。「もっと力を抜いて」

また深く呼吸をして力をぬき、歩き出すと、「まだ体が後ろに倒れている」「体重が前足に乗るように」「後ろ足は地面を蹴るように」「お尻の筋肉を使って」「左肩は前に出ない」……と注意される。

あまりに注意が多いので、だんだん頭がぼんやりしてくる。何度やっても先生が首を傾げているのを見ると、「俺はサルなのかな」と思ってしまう。ヒトがヒトたるゆえんである直立歩行がどうしてもできないのだ。

不思議なことに、レッスンが終わる頃にはなんとか「立つ」「歩く」の姿勢が整ってくる。そして腰の痛みも消える。研究所を出てしばらく神保町《じんぼうちょう》の街を歩くと調子はいい。

街中を流れる「ジングルベル」のリズムに乗ってぐいぐい歩くが、腰はなんともない。「これはいける！」と思うが、家に帰るとどっと腰に疲れが出て、翌日ウォーキングをしてみると、全然ダメである。

「姿勢、姿勢」とつぶやき、先生の指示を思い出そうとするが、「肩を下げて首を伸ばして、腹筋に力を入れて、えーと、あと何だっけ？……」と考えているうちにだんだんこんがらがり、腰も痛み出して路傍にしゃがみこんでしまう。

思わず人生を投げ出したくなるひとときだ。

どうしても歩けないので、歩くことに過敏になった。妻の実家に行ったときは、義弟が「僕も腰が痛いんですよ。歩くと治るんだけど、なかなか歩く時間がなくて」なんて贅沢《ぜいたく》なことを言っているのを聞き、カチンときた。つい「歩けるうちが花だよ！」と大声を出したら、義弟も他の家族もびっくりしていた。私は顔を赤らめてうつむいた。

「やっぱりもうダメだ。もう最後にしよう」と思うが、レッスンに行くとまた一時的に腰が復活し、「大丈夫。これを信じてやろう」という気持ちになっている。

何のことはない、目黒治療院と同じパターンだ。社長になったはずなのに、やっぱり「悪い男にハマっているダメな女子」になっている。違いは、目黒では先生の笑顔を見て続けようとしたのに対し、こちらでは実際にそのときは腰痛が楽になるくらいか。

ＰＮＦが唯一、目黒治療院より勝っているところは「自力」であることだ。腰の状態は相変わらずでもトレーニングは続けているので、少しずつ腹筋がついてきたし、尻や腿の内側の筋肉も使えるようになってきた。股関節も可動域がだいぶ広がり、ほぐれてきた。

なんだか密林の中に会社をせっせと立ち上げているような気がしてきた。

ＰＮＦは「腰痛世界から脱出することを考えるな」と説く。それを度外視して、快適な状況を作ろうというのだ。今まで他人の治める村を頼ってきた私にその指針は新鮮に映ったわけだが、これでいいのだろうか。

いくら筋力を鍛えても骨や神経、椎間板という物理的環境がどうにもならなければ、ただ単にジャングルの中にシェルターを作るくらいの意味しかないんじゃないか。もちろん今の生活が多少楽になるから無意味じゃないが、シェルター建設と同時進行で、根本的に非腰痛世界への帰還方法を探すべきじゃないか。

気づいたときにはもう暮れが押し迫っていた。家の横がイチョウ並木になっているおかげで、澄み切った冷たい風が銀杏《ぎんなん》の饐《す》えた臭いを運んでくる。

三十日は我が家も大掃除だ。私は例年、風呂掃除とガラス拭《ふ》きを担当しているが、今年は窓ガラスの桟を雑巾《ぞうきん》でゴシゴシこすった時点で、腰から背中にかけて鉄板が入ったように硬くなった。その鉄板がゴリゴリと背骨の神経を圧迫する。

「いかん！」

私の腰はちょっとでも屈むとてきめんに痛む。けれども家事は調理から、「屈む姿勢」のオンパレードであり、常日頃から注意深く避け、妻に一切を託していたのは前述したとおりである。

無論、私も無責任に放り出していたわけではない。いつか全快の暁には利息をつけてお返ししてやるわいと大上段に構えていたのだが、利息どころか借りを一つも返せないまま、一年が終わろうとしている。そして、汚名返上の場面のはずの大掃除は、日頃やりたくない作業だけあって、屈む角度も厳しいのだ。

「やっぱり、俺、無理だ」ガスレンジをせっせと磨いている妻に声をかけた。

「無理って何が？」

「いや……全部」

「全部？」妻はレンジから顔をあげてギロッと見た。

「何もできないっていうの？」

「いや、まあ、治ったらまとめてやるよ」

「ふーん。じゃ、早く治るといいね……」

妻はふーっというため息とともにレンジに視線を戻すと、もうこちらを見ようともしなかった。

——なんだよ、その態度は……。

まるで私がギャンブルにハマっているダメ夫みたいじゃないか。こんなに一生懸命、治療に精出しているのに。もっともギャンブルにハマっているダメ夫も「俺がこんなに一生懸命、レースの研究をしてるのに……」と思っているかもしれない。

そう思ったら妻の苛立《いらだ》ちも腑《ふ》に落ちてしまった。居場所を失った私は、同じく大掃除を迷惑がっている犬を引き連れ、とぼとぼ自室に引き上げた。

気持ちを明るくしようと柳家《やなぎや》小三治《こさんじ》のエッセイ『落語家論』を引っ張り出して読んでいたら、意外にも小三治師匠がひどい腰痛に悩まされたというのを見つけてしまった。

原因は「でっちり」なこと。姿勢をよくしろと親に言われつづけ、そっくり返ってしまい、腰に負担がかかったという。半分くらい私と同じだ。私は猫背でしかも腰がそっくり返っている。

小三治師匠は落語家らしく「腰痛にはタチカギの姿勢がいい」と書いている。

「タチカギ」とはセックスの体位の一つで、いわゆる「立ちバック」だ。まっすぐに立って、心持ち前傾の姿勢。

おお、ＰＮＦで言われるのと同じじゃないか。

落語家の了見とアメリカ最先端の理学療法理論が同じというのは驚かされる。

もっとも「立ちバック」のまま生活をするわけにはいかない。相手がいようと一人だろうと無理だ。それが小三治師匠にも悩みだったが、バイクに乗ることで解決してしまったという。バイクにまたがりハンドルを摑む姿勢がまさに「タチカギ」と同じだそうで、腰痛はすっかり治ってしまったとか。

バイクか……。

せっかく筋肉を鍛えて自力更生しようとしていたのに、「バイク」と聞かされると脱力する。私の全身に住み着く無気力社員がなおいっそう無気力になること請け合いだ。でも、無気力社員が更生する気配はないしなあ。

もし自分がほんとうに会社の社長なら、そんな社員はクビだ。世間的な意味での「リストラ」だ。サボり癖がしみこんだ古社員を一から鍛えなおすより、やる気のある若い社員を入れた方がずっと早い。いや、別に新しい社員を入れる必要もない。今いる勤労社員だけで、少数精鋭の組織を作っていけばいいのだ。

だが腹筋や尻の筋肉をクビにすることはできない。「会社」だと思っていたのが間違いだった。私の体は社会主義国家に近いのだ。私は社長でなく独裁者なのかもしれない。働く意欲のない国民を独裁者が気まぐれで「シェルターを早く作れ！」と叱咤《しった》しているだけかもしれない。

王様は裸だ！　と喝破したのは純真な子供だけだったという物語がある。私という独裁者も純真な犬からみれば遊んでいるだけである。

腰痛治療は実は遊び——。

恐ろしい考えがふとよぎり、今度は頭をぶるぶる振った。

4．森の長老のつぶやき

腰痛で始まった年は腰痛で暮れた。年初の自転車旅で日本国内の面白さを垣間見《かいまみ》れたのが唯一の収穫で、それ以外は最悪の一年だった。

そして新しい年の元旦はひどい痛みで始まった。腰と股関節というお馴染《なじ》みの部位だけでなく、坐骨神経痛が復活し、右足のつま先までしびれるように痛む。

一年前の元旦も「最悪の痛み」と思ったが、今よりもずっとマシだった。腰痛に苦しみながらも東京から沖縄まで二千五百キロも自転車で走ったのだ。今は想像することもできない。やろうとする気力さえない。そう思うと、この一年が無意味以下だったことになり、言葉を失ってしまう。

二日には八王子の実家に顔を出した。

ふだんは酒が入ると、血行がよくなるせいか酔いで感覚が麻痺《まひ》するせいか、痛みが和らぐのだが、この日はいっこうに痛みが収まらない。どうしてこうなるんだろう……とこみあげる怒りを抑えるのが精一杯、両親の話を上の空で聞いていた。

息子の私はこの体たらくなのに、七十歳近い親は二人とも元気だ。母は家の前の急斜面を開墾して花を植えている。毎日五時間も六時間もしゃがんで庭仕事をしているが腰も膝もなんともないという。

「あたしは子供の頃、本堂の拭き掃除を毎日やっていたからね」と母は得意気だ。母の実家は山梨にあるけっこう大きな寺である。要するに小さい頃からの鍛錬がちがうと言いたいらしい。

いっぽう父は「来週末スキーに行く」と言う。

スキーか。今の私にはちょっと考えられないくらい過激なスポーツだ。まるで父が「来週末トライアスロンに行く」と言っているような気がした。今の私はスーパーのレジ係やデパートの店員を見ても、「ずっと立ちっぱなしとは……」と圧倒されてしまうくらいなのだ。腰を激しく動かすスキーなど、並みの人間のする技とは思えない。

そこで思考がピタリと止まった。スキー？　腰を激しく使う？

父は数年前、ひどい腰痛に悩まされていなかったか。椅子から立ち上がるだけで激痛が走っていたのではなかったか。たしか椎間板ヘルニアじゃなかったのか。

「腰痛？　治ったってわけじゃないけど、今はほとんど気にならないね」父は軽い口調で言う。

「どうしてよくなったの？」

「整体の先生に来てもらったんだ」

整体院を開業している先生がたまたま近所に住んでおり、二週間、一日おきに家まで来てもらって施術してもらったという。

「二週間やって『もう骨の歪みは治りました』って言われたんだ。そしたら、ほんとうによくなった。あ、そうだ、おまえもあの先生に診てもらえ」

骨の歪みが原因でそれを治せば腰痛もよくなる――民間療法では「王道」とも呼べる理論と施術だ。

そこで母が口をはさんだ。

「あれ、お父さん、あの先生にやってもらったあともしばらくは『腰が痛い、全然よくならない』ってブツブツ言ってたじゃないの」

「え、そうだっけ」父はきょとんとした表情になり、にわかに立ち上がると、部屋を出て行った。五分ほどして戻ってきた父は「やっぱりお母さんの言ったとおりだ」と言った。

「当時の日記を見たら、整体が終わった直後は『まだ痛み去らず』と書いてあった」

「じゃあ、いつ治ったの？」

「整体をやってもらったのが去年の四月。で、たしか秋には紅葉を見に行こうと誘われて、山に登ったりしていたから、まあ、九月か十月頃にはよくなっていたんじゃないか」

父の記憶のいい加減さに呆れてしまった。もともと父は私によく似て記憶力がわるい。だがこれは記憶力だけの問題とも思えなかった。腰痛――に限らず病気や故障全般にいえることかもしれないが――は痛みが出るときはわりとはっきりしているのだが、治るときはどうにも曖昧だ。私の場合も、カルカッタでの「空港療法」

以外は、腰の痛みが和らぐときはいつも「いつの間にか」引いている。

父の場合もそうなのであろう。実際には施術をしてから楽になるまでに半年くらいかかっている。整体がゆっくりと効き目を顕《あらわ》したのか何も関係ないのかもわからないのに、本人の頭の中では「整体をやってもらったらよくなった」という結論が生まれており、息子にもその整体を勧めている。

それにしても不思議だ。父は三、四年もその腰痛に苦しめられていたのだ。当時は私にとって他人事だったから「たいへんだね」と軽く聞き流していたが、たしか職場のデスクワークや犬の散歩にも差し支えていたはずだ。それほど切実な問題だったのに治り方を覚えていないのである。

どうもよくわからないが、腰痛が減じるにしたがい、意識も徐々に腰痛から離れるらしい。あるいは意識が腰痛から離れたときが「よくなった」ときなのかもしれない。

父はそれでも「その（整体の）先生を紹介してやろう」と言う。効果のほどはわからないから結構だと答えると、今度は「プロ野球選手の誰かがキャンプのあいだ、毎日三回熱い風呂に二十分ずつ入って腰痛を治したってテレビか新聞で見たぞ」などと受け売りの極致みたいなアドバイスを送ってくる。

非腰痛人間の腰痛人間への態度はあからさまに他人事で耐え難いものがあるが、腰痛人間を脱した人はさらに「先輩からの忠告」めいた口吻《こうふん》でげんなりする。

「風呂はもう入ってるよ。それでも何ひとつ変わんなかったよ。何やったってダメなんだよ」

　ワインをがぶ飲みしながら投げやりに言った。

「いつかはよくなるよ」父はどうしようもない、慰めのセリフを口にした。

なんだ、その「いつか」って。カチンときた私はワイングラスを置き、ゴロンと寝そべると目を閉じた。

「いつかはよくなるよ。だって僕の周りでも五年も十年もずっと腰痛に苦しんでいる人なんか一人もいないんだから」

「え⁉」

　カッと目を見開いてしまった。父はこのとき六十八歳。当然「僕の周り」とは六十代、七十代の高齢者中心のはずだ。なのに、耐え難い腰痛が延々と続く人はいないという。父の記憶力には疑問が残るから「一人もいない」という表現は鵜呑《うの》みにできないにしても、大半の人が二〜四年でよくなるというのは信用してもいいだろう。

ただし、よくなると言っても完治するわけではないらしい。スキーや登山ができるようになった父も、庭の草むしりのような屈む姿勢の作業は痛くてできないそうだ。

私はそこに一つの示唆を得た。

それは、腰痛はなかなか完全には治らないが、なんとなくよくなってしまうもの、ということだ。

一瞬だけ、父が森の長老に見えた。含蓄がありそうな、しかし漠としたその話に、しばらく考え込んでしまったのだった。

第五章　密林の古代文明

1．腰痛犬を治す名医

朝八時半。白い息を吐きながら、うちのそばの住宅街を犬を引っ張ってのろのろと歩いていた。とっくに正月が終わっているはずなのに着物姿の若い女の子がちらほらと歩いている。もしかすると成人の日なのかもしれないが、もともと暦に無関係な生活を送っているうえ、最近ではカレンダーを見るのが嫌になっているからなおさらわからない。

ＰＮＦに通いだしてもう二ヵ月が経《た》とうとしていた。妻によれば「姿勢はみちがえるほどよくなった」というが、肝心の腰痛には改善の兆しがない。最初のうちは「すべてわかっています」という調子だったＰＮＦの先生も「おかしいですね……」と首をひねりだした。

私の腰は「壊れ物」である。丁重に扱えば、なんとか保っているが、ちょっとした不用意な動きですぐにおかしくなる。電車に乗り遅れそうなとき駅のホームを十メートルほど走ったり、ウォーキングやストレッチをちょっと多めにやったりすると、バネがビーンと戻るように元の痛みに戻る。

まるでギリシア神話のシーシュポスのようだ。地獄に落とされたシーシュポスは大石を山頂まで運ぶ罰を受ける。彼が必死で大石を山頂まで運ぶと、次の瞬間、大石はその重みで転がり落ちる。彼はまた下から大石を運ぶ。それを永遠に繰り返すという罰なのである。

ダッシュやウォーキングならまだしも、ある晩、寝返りを打とうとしたら、ビリビリという激痛が走り、思わず「いてててて！」と叫んでしまった。妻が驚いて目を覚まし「大丈夫？」と心配したほどだ。

もうダメかもしれないと真剣に思った。PNF療法でいくら鍛えても、寝返りでギックリきたら手の施しようもない。

追い討ちをかけるように、「日本人女性として初めて南極点に到達したTさんを祝うパーティ」のお知らせが共通の知人を介してやって来た。もちろん行かない。二十分以上立っていられない人間に立食パーティは論外である。それにしてもTさんは南極点に立ったのに、自分はその記念パーティにも立てないのか。あらためて、人生が遠くなるような、なんともいえない気分になる。

外に出ても、立って仕事をしている人はいくらでもいる。店員、スーパーのレジ、黒かばんを持った営業マン、道路工事の誘導員……みんな、私にとっては南極点到達なみの〝偉業〟に見える。

寝ていることもダメなら、立っていることもダメ。辺境作家云々《うんぬん》にこだわっていた日々が懐かしい。今は人間としてもう終わっているという感じがする。

いったい何度目かわからない絶望的な気分に陥ってしまい、もはやウォーキングをする気力もなくなった。犬のくせに散歩というルーティンワークが大嫌いなダルマと一緒に、こうやってのろのろと家の近所を歩くだけである。

住宅街の合間に残る畑では、ネギや大根が寒さにもめげずにすくすくと伸び、斜めから差しかける真冬独特の鮮烈な陽光をさんさんと浴びていた。生命エネルギーが枯れ果ててしまったような私はネギや大根すら羨《うらや》ましく、ため息をつきながら家に戻ろうしたとき、はっと立ち止まった。二階建ての小さなアパートの入口に「ミ・ナ・ミ鍼灸院」という看板を見つけたのである。

「これは、もしや……!!」

急に体の底から生命エネルギーがふつふつと湧いてくるのを感じた。

話は一ヵ月ほど前に遡《さかのぼ》る。やはり朝、自宅のすぐそばで、近所の散歩友だちであるクボタさんと愛犬のポンちゃんに出会った。九歳のミニチュアダックスフントだ。「ポンちゃん、元気そうですね」私が声をかけるとクボタさんは相好《そうごう》をくずし、「ええ、おかげさまで」と答えた。「でもこの間、椎間板ヘルニアになっちゃいましてね」

「椎間板ヘルニア！」思わず激しく反応してしまった。

「そうなんです」クボタさんは苦笑する。「ポン、太ってるでしょ？　あれでなっちゃったみたいで。一時は後ろ足がまったく動かなくなっちゃったんですよ」

腰痛になる動物は人間だけとよく言われるが、厳密には間違いである。犬でも太りすぎると腰に負担がかかり腰痛になる。特に胴長のダックスフントは腰痛になりやすいことで知られる。

ポンちゃんはけっこう太っており、クボタさんがよく「ダイエットさせなきゃいけないんですけどね」と言っていた。犬は痛みに強い動物だし、「最近ちょっと腰が痛くて」なんて言わないので、飼い主からすると症状が突然現れることが多い。ポンちゃんもある日突然後ろ足が動かなくなったそうだ。

る。一体どうしたのか。椎間板に有効な治療法がないのは誰よりも私がよく知ってい

「鍼《はり》を打ってもらったんですよ」

「鍼?」

「駅前のミナミ動物病院、あそこで鍼もやってくれるんですよ。三回くらい打ってもらったらもうよくなっちゃいました」

「三回でよくなった⁉」

私はポンちゃんを見つめた。うちのダルマがもう飽きて先に行こうとしているのに、素早く回り込んで匂《にお》いを嗅《か》ごうとしている。その俊敏な身のこなしを見ると、この間までヘルニアを患っていたとは到底思えない。

ミナミ動物病院はうちのダルマにとっても掛かりつけの病院で、何度も大きな手術を受けている。先生も看護師さんも勉強熱心で、対応も細やかだ。この動物病院がなかったらダルマは何度死んでいたかわからないと思うくらいだ。

そこで鍼治療を行っているのは知っていた。小さな待合室の壁に「中医学《ちゅういがく》修了書」という免状が飾られているし、以前ダルマが原因不明の目の病気になったとき、「もしかしたら脳の神経に異常があるのかもしれません。そのときは鍼治療という

方法もあります」と担当である女性のW先生が言っていたのだ。

幸いその症状はすぐにおさまり鍼の世話になることはなかった。鍼のことも深く考えたことはなかった。正直言って、「他の治療がダメな場合の気休め」くらいに感じていた。

ところが、ポンちゃんは足が動かないほどの重症ヘルニアからたった三回の鍼治療で元気に復活したという。

すごいではないか。人間だって鍼治療は難しいのに、犬である。犬は口を利かない。「足が動かないわけじゃないけど、電気が走るような痛みがくるので、じっとしてるんです」とか「前よりも少しよくなってます」とか「だんだん痺《しび》れがひどくなって……」とも言わない。つまり患者（動物の場合「患畜」というが）の話を聞くことなく、純粋に患部への手当てだけで治すということだ。

それこそ「名医のなかの名医」だ。

クボタさんの前をぴょんぴょん飛び跳ねるように走るポンちゃんの後ろ姿を見つめながら思った。

「俺も犬になりたい……」

……というのが一ヵ月前の話だ。

ミナミ、鍼、動物病院――と当然のように連想が広がった。「ミナミ」はありふれた名前だが、動物病院も正確な表記は「ミ・ナ・ミ」となぜか字の間に中黒《なかぐろ》が打ってあるのだ。

家に帰って急いで動物病院に電話してみたところ、「そうです。うちの院長が月水金の午前中、人間向けに鍼治療をやっているんですよ」という返答であった。

やっぱりそうか。ポンちゃんの椎間板ヘルニアをたちまち治した驚異の名医が人間相手にも治療を行っていたのである。しかも私のうちのすぐそばで。

動物病院には六年以上お世話になっているが、なぜか院長先生を見かけたことがなかった。ダルマの直接の主治医であるW先生が休みか多忙のときは別の先生が診てくれる。そのときも院長先生が出てきたことがない。

謎めいた存在で、「何をやってるんだろう」とうちではひそひそ話していたが、実は人間の治療に当たっていたらしい。

私は動物病院に「人間病院」の電話番号を聞き、電話してみた。若そうな声の男性が出たので、「うちの犬がいつもお世話になってます。で、今度は私が腰を痛めてまして」と話した。そして翌日の予約をとった。

当日、アパートの一室にある〝ミナミ人間病院〟に赴いた。

あまり表に出てこないし、動物を鍼で治す名医で人間にも鍼を打つという聞いたことのないユニークさから、なんだか「ヒゲを生やした神秘的な老医師」を勝手にイメージしていたら、出てきたのは電話の声と同じ闊達《かったつ》な喋り方をする、スマートな人物だった。

外見だけでは三十代にも見えたが、老眼鏡を使っているのでかろうじてもっと上なのだなとわかるくらいだ。目黒治療院の若先生も爽やかだったが、この院長はさらに垢抜《あかぬ》けた感じがした。真ん中から分けたふさふさの髪に軽くパーマをあてていて、室内にはジャック・ジョンソンというサーファー系ミュージシャンの曲がかかっている。さりげなく洒落ているところは医師というよりはコピーライターかデザイナーという感じだ。

「高野さんなら、ダルマちゃんですよね」院長先生はいきなり言った。

「あ、よくご存じで」

「そりゃもう。いろいろありましたもんね」

さすが院長、患畜のデータはちゃんと頭に入っているらしい。もしかするとダルマの手術の際には立ち会っていたのかもしれない。自分が主治医のような口ぶりだ。

「今は元気ですか?」

「おかげさまで、あいつは元気です。こっちが腰痛だっていうのにうるさくて……」

喋りながらすごく不思議だった。犬の話と腰痛の話。絶対にかみ合わないはずの二つの話題がすっと一つに溶け込んでいる。だいたい犬の主治医に治療してもらうこと自体、普通でない。

もっとも先生本人は毎日当たり前に人間と動物を診ているから何の違和感もないらしく、気さくに「じゃあ、そこに寝てみて下さい」と言った。

犬になったような気分で寝台に横たわる。

獣医に診てもらうという奇妙さを感じたのはしかしここまでで、次にもっと明瞭な驚きに捉《とら》えられた。

私のまぶたを指で開き、目を覗き込むと、「うん、だいぶ腰が痛そうですね」と先生が言うのだ。

「わかるんですか?」

「白目の下の部分が赤い。これは下半身に来てるってことです。その赤さで痛みの強さ、病気の長さがわかるんですよ」

さらに「股関節も痛そうだ」と言う。股関節のことは先生に話していなかったので、そこまでわかるのかとびっくりする。なにしろ、今までどこの医者も治療師も「どこが悪いか」は言い当てたが、「どこが痛いか」なんて言わなかった。「痛い」というのはあくまで患者の主観でしかないからだ。でも院長先生は患者の痛みを客観的に見ることができるらしい。鍼灸、正確には中医学おそるべしだ。

先生は次に私の舌をじっくり見て何やら「うん、なるほど」というふうにうなずくと、寝台の後ろにまわり、両足首を握って少し引っ張る。ずいぶん体のいろいろな場所を診るものだ。今度は手首をとった。

じっと目をつぶって脈を診る。何度も握り替えて、診ている。

「腎《じん》が弱ってますね」目を開けて言う。「腰痛は腎が弱ると出るんです。西洋医学の腎臓とはちがいますよ。中医学でいう腎です」

「おお、脈診か！」と心の中で歓声をあげた。脈診とは脈の打ち方で体の調子を診断するという中医学の技術だ。関野吉晴さんやアブディンに聞いた話では、現在の日本の鍼灸ではふつう脈診をしないという。

院長先生は脈を診ることができた。しかも上・中・下の三本の脈診をした。

「高野さん、胃腸の調子がよくないでしょ？」

「ええ、もともと胃腸が弱くて、下痢しやすいんです。でもわかるんですか」

「そりゃわかりますよ。真ん中の脈、胃腸の脈なんですが、それが弱々しいですからね」

先生によれば、私の胃腸の脈は「虚脈《きよみやく》」といって、「中がすかすかしたような脈」だという。

まるっきりチャングムの世界じゃないか！　私は数ヵ月前から韓流《ハンりゆう》ドラマ「チャングムの誓い」にハマっていた。宮廷の料理人だった主人公が陰謀により島流しにされるが医女として復活、復讐《ふくしゆう》のため宮廷に戻ってくるという全五十四話のストーリーを二回も見てしまった。

ドラマに出ている韓国《かんこく》の古い医学はやはり中医学だ。チャングムは脈診の達人でもあり、練達の医務官でも見つけられない「虚脈」を感じ取り、元料理人らしく「傷んだネギのような脈」と表現する。

先生に「傷んだネギ」の話をすると、「そうそう、外側は張っているから一見強そうに見えて、でも中はすかすかで弾力がないんですよね」とチャングムに共感を覚えたようだった。

犬から韓流へも話題が流れ、もはや自由自在の感がある。

先生によれば脈診は基本で、鍼を打つ前と打ったあと脈を診て変化をみるという。

「すごいですね」と改めて感心すると先生は「西洋医学と同じですよ」とあっさり。

「西洋医学でもレントゲンをとり、血液検査をして、そのデータで診断するでしょ？　脈診もそれと同じですよ」

「でもたいていの鍼灸の先生は脈診できないんでしょう」

「そうらしいですね。脈診をしなくてどうやって患者さんの状態がわかるのかな……」

皮肉でなく心底不思議そうな口調で言う。尋常でない技を持っているのに、それが当然と思っている。そこがいかにも「名人」らしい。さすがポンちゃんを一撃ならぬ「三撃」で治しただけはある。

次にうつぶせになり、いよいよ治療。まず、パチパチと、ちょっと先が尖《とが》った器具で（見えないから何かわからないが）背中を突っつく。それから鍼を打つ。

左の尻に二ヵ所、それから仰向けになり、右の脛《すね》に二ヵ所。鍼を打ってもすぐ抜かず、しばらく刺しっぱなしにしておく。

「動物と人と鍼の打ち方はちがうんですか？」私はずっと気になっていることを訊いた。

「基本は同じですよ」と先生は言った。「でも動物の方がよく効きますね」

「え、そうなんですか⁉」

「ええ、〝気血《きけつ》〟がいいんです」

気血とは中医学の用語で、いわゆる「気」の流れと血のめぐりだという。動物が効くのは気血のせいだけではない。

「人間の子供もそうなんですが、動物は精神のトラブルや不規則な生活といった要素が少ないんです。だから鍼を打つとビーンとすぐ反応がくるんですよ」

そうだったのか。動物の方が効くのか。私はてっきり「動物を治せるくらいなら人間なんて一発だろう」と思っていたが、逆だったのか。

小一時間で治療は終わった。

料金は初診料が五千円、診察代が五千円。私が一万円を出したら先生は五千円、お釣りをくれた。

「ダルマちゃんがかかっているので初診料はけっこうです」

犬のおかげで安くなってしまった。

あの駄犬の扶養家族になったみたいで、どうにも変な気分だが、久しぶりに「今度こそ治りそうだ」と思えた。

暗黒の密林に天使が舞い降りたような映像が頭に浮かんだ。天使は光を投げかける。その下をポンちゃんがゴムマリのように弾みながら走って行く。次にダルマ。そして、私があとを追って走って行く。軽やかに、さわやかに。

そんなバカなシーンを思い浮かべて、ニヤニヤする私だった。

2. 密林に眠る古代文明

鍼を打ってもらった当日はやや重だるかったが、翌日はかなり楽になっていた。

三日後、鍼灸院に行きそれを告げると、先生も「状態はよくなってますよ」と言う。白目の下の赤みが薄くなっているし、前回は舌の付け根の方にべったりしたコケがついていたけど、今日はそれほどでもない。脈診でも前回よりいいそうだ。

またしても主観的な「楽になっている」という感覚を、先生が検査のデータを読み上げるように言うので、感心してしまう。

この日も基本的に前回と同じ場所に鍼を打ったそうだ。言い方が伝聞調なのは、鍼を打たれる痛みが少ないので打っているのか触っているのかよくわからないからだ。鍼を抜かれるときはもっとわからない。

痛いのは右足の脛に鍼を打って「響かせる」ときだけだ。先生によれば、刺さった鍼を軽く指で弾《はじ》いているというが、鍼を打った箇所から下のくるぶしに向かって「びーんびーん」と骨の中をダブルベースの弦が振動するみたいな、言葉にできない痺れのようなものが走る。

これを「響き」と言い、中国では「響きがないと治療していることにならない」と言われるほど重要視されているそうだ。

「あまり期待しすぎてはいけない」と自分を抑えつつも、口元には知らず知らず笑みが浮かんでしまう。初診から五日、十日と……すぎても、例のシーシュポスの大石は戻ってこない。

ジョギングも五日連続で行ったが、姿勢に特に注意しなくても痛まない。こんなに続けてジョギングをしても痛みがこないなんていつ以来だろう。

院長先生に「五十パーセントくらいよくなった」と言うと、「そうですか。よかったですね」と嬉しそうにうなずいた。先生によれば足の長さも「そろってきた」という。

最初に来たとき、私の足は左右の長さがちがったという。以前、空手の先生に診てもらったときもそれを指摘され、足を引っ張られたり揺さぶられたりしたものだが、ここでは鍼を打つだけで長さをそろえてしまう。そして今は、何もしなくてもそろっているという。

少しずつ確実に体がバランスを取り戻しているのだ。

「中医学はすごい」と私は思った。「これが本当の東洋医学か」

これまで西洋医学でない民間療法を漠然と「東洋医学」のように思っていたが、大間違いだった。

目黒治療院は「脳に痛みの記憶を残さないようにするのが大事」と言った。砦整骨院では「インナーマッスルをほぐす」と説いた。カリスマ先生は「背中の亀裂筋がひきつることでバランス異常が起きる」と述べた。ＰＮＦでは「腹筋と背筋で腰椎を支える」と説明した。要するに、今まで通ったところはどれも西洋医学の知識をふんだんに使っていた。

あくまでイメージの話だが、西洋文明という「都市」では問題が何も解決しないので、その周囲にある深い森に入り込んだような気がしていた。だが、実はそこでも電気や水道が通っていたのだ。パターンはちがうが、結局は文明生活はアレンジされた形で残っていたわけだ。

しかるにミナミ鍼灸院は全然ちがう。まったく別の文明なのだ。

なんといっても、西洋医学の言葉や概念をひとつも使わない。

「腰痛とは腎が弱っている状態です。腎は人が生まれつき持っているもの、つまり先天の気なので、これ以上、実《じつ》することはない。だから腎のツボは補います。その表は膀胱《ぼうこう》でこちらは陽だから瀉法《しゃほう》ですけどね」なんて院長先生はさらりと言う。

ジャングルをさまよっていたら、突然、現代文明とはまるで質のちがう古代文明に出会ったようなものだ。その文明はピラミッドやストーンヘンジのように、一見無意味で原始的な代物にみえるが、その実、人類が何千年もかけて積み上げた英知の結晶なのだ。

言葉がちがえば、考え方もちがう。

中医学は「治療する」という感じではない。「足がそろう」とか「脈があう」という言葉をつかう。

「治す」というのは「悪い箇所をよくする」という意味だが、中医学には「そろえる」とか「整える」という言葉が適しているように思える。

古代文明をとりしきる先生も独特である。

「ずっとやっていると獣医学の限界がみえてきましてね。どうしても治らない動物がいるんです。それを何とか治したいと思って、六年前、温《おん》先生という香港《ホンコン》のえらい先生が日本に来たとき講習を受けたのが初めてです」と先生はひょうひょうとした口調で言う。

獣医学つまり西洋医学でどうにもならない病気も、鍼灸で治ることがある。「特に神経の麻痺には効きますね」という。他の病院が匙《さじ》を投げた犬や猫、ウサギを治すうちに評判になり、今では横浜や八王子といった遠方からも車でやってくる人がいる。

愛犬や愛猫、愛ウサギ（？）が奇跡的に回復すると飼い主はもちろん感激するが、それだけではない。「先生、私も診てほしい」と言うようになった。みんな、考えることは同じなのだ。

動物とちがい、人間相手に鍼を打つには免許がいる。国家試験を受けなければならないのだ。動物相手で手一杯だし、ふつうならまずやらないと思うが、この先生はどうも「新しいことをやってみたい」という好奇心が並外れて強いらしい。鍼灸の知識も経験も豊富に持ちながら、資格を取るためだけにわざわざ鍼灸の専門学校に三年通った。そして、このアパートに鍼灸院を開業し、月水金の午前中だけ人間に鍼を打っている（ちなみに午後は、同じくミナミ動物病院のI先生の弟さんが患者を診ているそうだ）。こうして「人畜無害」ならぬ「人畜有益」の治療師が誕生したというわけだ。

なんて面白い人なんだろう。腰痛世界は底の知れない魔境だと思っていたが、ここまで奥が深いとは思わなかった。先生は恐るべきチャレンジャーなのに、「動物病院を半日留守にしてここで好きなことをやっているから、せめて患者さんを治さないとね。ははは」と気負いは皆無。あくまで自分は凡人と思いこんでいるようだ。

密林にひっそりと古代文明は眠っている。その守り人は自分の仕事のすごさにあまり気づいていない。つつましく平凡に、古代からの知恵を伝えている。

その証拠に私の腰痛はぐんぐんよくなっている。

毎朝冷え込みはきついが、気分はすがすがしい。朝の清らかな光がそのまま自分の希望の光にも見え、思わず「うおおお！」と叫びたくなる。私は復活しつつあるのか。再びジャングルを歩いたり、カヌーでイラワジ河を下ったりできるのだろうか。

3．超能力に浮気する

物語がいよいよ大団円を迎える——。

そんなことを思うとろくなことがない。

ミナミ鍼灸院に通いだして二週間後、いったんよくなった腰の痛みが朝、ぶり返すようになり、やがて股関節の筋も誰かがワイヤーで引っ張っているようにギシギシと軋《きし》みだした。腰痛が悪化すると、〝気血〟のめぐりがわるくなるのか、体が思うように動かなくなるせいなのか、手足が冷える。胃腸の調子もよくない。

要するに、腰痛の大石がまたもや山の下に転がり落ちてしまったのだ。毎度のことながら、私は深く深くため息をついた。状況を報告すると、院長先生もしょんぼりしてしまった。

「温先生なら一発で治すと思いますが、私ですみません……」と香港人の恩師の名前を出した。謝られても困るが、率直な人である。自分が治せないということを正面から受け止めた人は西洋医学・民間療法を通じて初めてのことだ。

もっとも院長先生はチャレンジャー。謝るのと同じ率直さで「高野さんさえよければ、一回三千円にしますから、もう少し続けてみませんか」と言った。

人でも動物でも、治らない患者（患畜）をみると、どうしても治したくなるらしい。しかも私がここと並行してＰＮＦに通っているのを知り、「アメリカには負けたくない」と古代文明ならではの対抗意識を燃やしていた。この手のチャレンジ精神に私はどうしても弱い。「そうだ、頑張れ！」とつい応援したくなってしまう。

道をまちがえていると気づきながら、その道を驀進《ばくしん》してしまう癖が私にはある。引き返すのが嫌いなのだ。ドツボにハマりだすととことんハマらなければ気がすまない。

院長先生はあの手この手と、知っているかぎりの治療法を試しはじめた。

股関節の痛みに効く鍼、「着痺《ちゃくひ》」という長く定着してしまった痛みに効く鍼、体の背面に効く鍼、火で炙《あぶ》った鍼を刺す「火鍼《かしん》」、お灸……。

「高野秀行の腰」という未知の暗黒大陸を院長先生が必死で探検していた頃、私自身は未知の現象を調べて討論するテレビ番組「未確認思考物隊」に毎週、出演していた。

関西ローカルの深夜番組なのだが、毎回、未知動物、UFO、予言、占い、心霊、超能力といったオカルト的な題材を取り上げ、専門家（研究者）や当事者（霊能者や超能力者）をスタジオに招いて、あれこれ話し合うことになっていた。

私とすれば、UFOや心霊よりも自分の腰痛の方がはるかに謎で、みなさんに話し合ってもらいたかったが、そうもいかない。

実際、番組出演はひじょうに面白かった。

透視能力で彼氏の行動がなんでもわかってしまうため恋愛がうまくいかないという霊能者の女性、ツチノコ探索に人生をかけながら「見つかりそうで見つからないのがいい」というおじさん、超能力や占いを片っ端から疑い続けて決して飽きることがない俳優など、私はオカルトの有無よりもオカルトに関《かか》わる人たちの考え方、感じ方が面白くてならなかった。

毎回、番組の収録が終わって東京に戻ると、院長先生に「こんな面白い人がいましたよ」と報告した。鍼灸は治療時間が一時間近いし、整体のようにウトウトしてしまうものでもないから、つい喋ってしまうのだ。

施術は二人きりである。毎度のことながら、どんどん親しさが増してきた。またしても〝ダメ女子〟パターンに入りかけたとき、私はちょっと浮気をしてしまった。

「未確認思考物隊」の「超能力」の回のことである。出演した自称「魔法使い」という若者がひじょうに硬いスプーンを飴《あめ》細工のように一瞬でぐるぐるにねじってしまった。私がびっくりしたら、その若い魔法使いは「誰でもできることですよ」と微笑んだ。

「僕でもできるんですかね？」と訊くと「できます」と彼は言う。「曲がりやすいものから始めて、曲がるイメージをつかんで、一瞬で曲げることですね」と具体的なアドバイスまでくれた。

家に帰ったらスプーン曲げの特訓を始めようかと一瞬真剣に思ったのだが、もっと真剣にやるべきことを思い出した。もちろん腰痛治療だ。ちらっとミナミの院長先生の顔が浮かんだが、私はいま目の前で繰り広げられたパワーに酔っていた。この力にすがりたい、と思ってしまった。ちょうど収録終了後、メイク室でドーランを落としていたら、同じく共演者である超能力者の秋山眞人《あきやままさと》さんが隣に座っていたので単刀直入に訊いてみた。

「腰痛がひどいんですが、これは超能力で治りませんか」

「あ、私がやりましょう」と秋山さんは気さくに答えた。

「え、いいんですか」けっこう驚いてしまった。てっきり誰か紹介してくれるのかと思ったら、本人がやってくれるというのだ。しかも今すぐ。

秋山さんに言われるまま、再び鏡に向かって腰をおろした。メイクさんたちも興味津々に見守っている。

「どんな痛みですか？　ヘルニアですか？」と秋山さんが訊く。

「よくわからないですがそんな感じです。立ったり歩いたりするのが辛いですね」

「わかりました。じゃあ、ゆっくり腹式呼吸をして下さい……」

三十秒ほど腹式呼吸をすると、秋山さんが背中や腰を何かを探すように触り、そのあと、背中から腰にかけて五、六ヵ所をポン、ポンと拳《こぶし》で軽く叩いた。ドアをノックするような感じである。これでおしまいらしい。

「ちょっとすると楽になると思いますよ」と秋山さんが言うので立ち上がったら、もうその時点で腰が軽い。五割から七割方、楽になっている。

「ひえ〜！」こんなに楽になったのは何ヵ月ぶりかわからない。

「暗示じゃないんですか」とスタッフや共演者の人たちが疑わしげにニヤニヤする。だが、言葉は何も使ってないし、たとえ暗示だとしてもすごい。

「すごい能力ですね」と秋山さんにお礼かたがた言うと、彼は「いえ、誰にでもある力ですよ」とにっこりした。彼によれば「腰が治った状態を頭の中でイメージしながらパワーを送った」とのことだ。

新幹線で東京に戻り、東京駅から自宅の最寄り駅まで三十分以上立ちっ放しだったが、依然としてかなり楽。どういうことなのかわからない。何度も夢に描いた光景だが、現実である。

秋山さんのパワーがきっかけになって鍼治療が効き出したのかもしれないが、それならなおよい。

久しぶりに心地よい夜の眠りについたのだが、残念なことに朝起きると腰はいつもの状態にもどっていた。超能力も宵越しのパワーは持たないのか。

さらに二日もすると、腰から足にかけて激しく痛み出し、「超能力は遠きにありて思ふもの　そして悲しくうたふもの」という心境になった。

なまじ一時的によくなっただけにショックが大きかった。しかも「愛人」に裏切られたというような実に身勝手な想《おも》いだ。それだけにミナミ鍼灸院に行ったときも、気は進まなかったが、かいつまんで院長先生に話した。この話だけ伏せておくとなおさら浮気感が高まる。

案の定、院長先生は「超能力ですか。そういうものはどうなんでしょうねえ……」と限りなく否定的なニュアンスで首を傾げていたが、ほんの数分後、気づくと先生は鍼を打ちながら、私の腹の上で手かざしをしていた。

「何をしてるんですか？」驚いて訊くと、

「気を送ってるんです」

「それも超能力じゃないですか」

「いえ、誰にでもある力だと思いますよ」

むむむ。全く同じだ。「魔法使い」の若者も、超能力者の秋山さんも「誰にでもある力です」と言っていた。

そういえば彼らは「スプーンが曲がるイメージをつかむのがポイント」「腰が治ったイメージを持ってパワーを送る」などと言っていたが、それについても院長先生は「患者さんが治ったイメージを持つのは大事ですね」と納得顔だった。

誰にでもある能力。変化へのイメージ。

それは現代科学では解明されていない能力なのだろうか。それとも単なる暗示なのだろうか。

どちらにしても、人間の体（あるいは心理）というのは底が知れない。底をめくるとまた底がある。そして私の腰痛はそのもっと下に潜んでいる。

4．体というエイリアン

二月半ば、珍しく都内に大雪が降った。以来、腰も股関節も足も膝もひどい有様だ。

雪と何か関係があるんじゃないかと思うが、気のせいかもしれない。もっとも最近、ミナミ鍼灸院では「気」を当然実在するものとして話を聞いているので、「気のせい」というのがどういう状態かもよくわからない。

足取りも重く、ミナミ鍼灸院に出向いた。初診から約一ヵ月、治療は八回を数える。さすがにチャレンジャーの先生も浮かない顔だ。うーんと考え込んでから言葉を選ぶように言った。

「高野さん、これから診察代は結構ですのでもう少し続けてもらえませんか。実験台になってほしいんです」

実験台！　人生四十年も生きているといろいろなことを経験するが、こんな頼み事をされるとは。しかしこういう非常識な率直さは大好きで、それこそ「ツボ」にハマってしまった。私は奇人変人にとても弱い。

あらためてお願いすると、先生は「この前、台湾の先生に習った方法を試したい」と言った。それはボールペン（というか棒状のものなら何でもいいらしい）の先で手や足を強く押すというもので、温先生ゆずりの治療法とは無縁、いやそもそも鍼灸や中医学の理論でもない。

一時的にはよくなったが、小一時間もすると元に戻ってしまった。翌日それを先生に報告した。

「やっぱりダメですか。もっともこれでよくなったら僕はショックですけどね」先生は朗らかに笑った。

「僕だってショックですよ。今まで何だったのかって感じですから」私も能天気に笑う。

治療が効かなくて互いに笑っている医師と患者。でもその雰囲気はわるくない。「先生、やっぱり温先生の治療法に沿ってやらなきゃダメですよ」と私が言えば、先生も「そうですね。基本に戻らなきゃいけませんね」とうなずき、なんだか同じ目標に向かって進む同志みたいな気持ちになる。大学時代の探検部の活動を思い出すくらいだ。

結局、最初に効いたときの治療に戻ることになった。

院長先生と話をしていて面白いのは、人と動物の境界線を先生が自在に行き来しているところだ。基本的に人も動物も鍼を打つ場所は変わらないし、気血の流れも同じだという。

ただ、前にも言ったように、人間より動物の方が鍼がよく効く。だから先生は「人間だとこの鍼だから、犬ならもっと細い鍼でいいな」とか、「この前、あの猫にこの治療が効いたから、人間にも効果があるかもしれない」など、（もちろん慎重に）人と動物を相互に対照した治療を行っているらしい。

ときどき先生は「この前、ストレスで麻痺が出るというケースがありましてね」と主語抜きで話をする。しばらく聞いているうちに「あれ？」と思って訊く。

「それ、人ですか、動物ですか？」

「あ、ウサギです」

こんな調子で、先生は人でも動物でも同じ情熱を傾けて治療にあたっているから、どっちの話なのかわからなくなるのだ。私もだんだん、人も犬も猫も小動物も同じという気がしてきた。生命の大きな流れの前では、動物の種類など些細《ささい》なことにも思えるのだ。

大雪が降った数日後のことだが、私は午前は人間病院、午後は動物病院という先生のスケジュールと同じ動きをしてしまった。先生に鍼を打ってもらったあと、家に帰ったら、うちの駄犬ダルマが文字通り目を回してひっくり返ってしまったのだ。

よく見ると両方の黒目が激しく左右に痙攣《けいれん》している。専門用語で「眼振《がんしん》」と呼ばれるやつだ。目が回っているため、まっすぐに歩けない。顔が四十五度くらい右に傾き、柱や壁にぶつかってひっくり返ってしまう。

ただちにミナミの動物病院の方に連れて行った。午前はミナミの人間病院、午後は動物病院。何なんだろう、私の生活は。待合室で待っていたらドアが開いて院長先生が突然現れたので驚いた。ここでも「院長」なので驚くことはないが、この先生は人間病院でしか見たことがなかったからすごく変な感じがするのだ。

もっとも先生は集中しきった顔つきで私の方は見向きもしなかった。一度、外に出ると、飼い主らしき人と二人で、巨大なシベリアンハスキーを担架みたいなもので、診察室に苦労してかつぎこんだ。おそらく足腰が麻痺した犬に鍼治療を施すのだろう。人間病院で接する院長先生は友だちみたいな和気藹々《わきあいあい》とした雰囲気だが、ここでは打って変わって凛々《りり》しく、頼もしくみえた。

「あんなでっかくて動けない犬の治療をしてるのか。やっぱりすごい先生なんだな」と感心してしまった。

さてダルマの眼振だが、実は今回が初めてではない。前年の夏、大型の台風が来たときに一度なったことがある。そのときも動物病院に連れて行ったのだが、不思議なことに待合室は眼振の動物ばかりだった。犬、猫、ウサギ……みんな、目が振動しているのである。

「台風のときは眼振になる動物がたくさんいるんです」と主治医のW先生は言って

いた。気圧の変化かなにからしいが、原因は不明だ。

もっと不思議なのは、台風がまだ東京に来ていなかったことである。はるか彼方、沖縄本島あたりを台風が通過しているときに動物たちは眼振の発作に見舞われていた。そして台風が関東に上陸した頃にはおさまっていた。つまり気圧が変化する前に眼振を起こし、気圧が変化する頃には治っていたことになる。気圧とは関係ないかもしれない。まるで台風を予知したかのようだ。

今は冬。もちろん台風も来ていない。ではなぜダルマは眼振になるのだろう。十四歳の老犬だけにいよいよ脳神経がおかしくなったのか、それとも何か他の天変地異の前触れなのか。

「雪が降ってから眼振の動物が増えましたね」とW先生は言った。「病院で飼っている猫は持病の癲癇《てんかん》の発作を起こしたし、何かあるんですかねえ」

雪が原因か。不思議なことだ。雪が降っても気圧がすごく低くなるわけではない。雪にはそれ以外の何か大きな力があるのだろうか。台風の前触れのような、地球が持つ何か特殊な力が動物と連動していてもおかしくないという気持ちに私はなっていた。

思い返せば私の腰痛が悪化したのも大雪が降った前後からである。

「俺も地球と腰で連動しているのかも」と言ったら、妻に「寒くなっただけでしょ」と一蹴された。

それにしても、人にしろ動物にしろ、本当に体は不思議だ。本格腰痛になって以来、「精神が体をコントロールしている」という漠然とした思い込みは雲散霧消した。体はいまや、私にとってエイリアンのように得体の知れない輩である。そいつはエイリアンなのだから、どこかよそのもっと大きいパワーに呼応していてもおかしくない。地球、月、気圧……。

ダルマについてはステロイドが投与された。「これでよくならなければ鍼ですね」とW先生に言われ、ついに親子（？）そろってミナミで鍼かと思ったが、犬の方がぐんぐんよくなり、一週間後には狭い家の中を全力で走り回っていた。

いつまでたっても治らないのは私だけ。犬も人もみんな、私を置き去りにしていくようである。

第六章　腰痛メビウス

1．未知動物的に腰痛探検を行う

桜の蕾《つぼみ》を見あげてため息をついた。

三月下旬。自転車旅を終えて東京に戻ってきてからほぼ一年である。言い換えれば、「本格的腰痛治療」を始めて一年たったということだ。

しかるに私の腰は何の改善も見せていない。いや、悪化している。少なくとも去年の今頃は股関節に痛みはなかったのだ。

暗黒の腰痛大陸をただただ彷徨《さまよ》って一年たってしまったという事実にあらためて愕然とする。新しい治療院に行くたびに期待し、効果がなくて失望し、でもずるずると未練がましくつづけ、結局諦めて次の治療院に移るという繰り返しだ。

恋をしては夢中になり、すぐに気持ちが醒め、また他の男に飛びつくという「恋多き女」にも似ている。自分の理想が幻想にすぎないと気づくまで、そういう女子は決して幸福になることがない。

もしかして、私もそうなのか。

「いや、ちがう」と急いで否定した。

私の場合は現実に腰が痛いのだ。別に「理想の腰を手に入れたい」なんて馬鹿なことを思っているわけじゃない。ただこの痛みを取り除いてほしいだけだ。

だがしかし。不吉な思いが腹の底から湧きあがってくる。

——この痛みは本当に現実のものなのか？

私が考えているのは「心因性」である。夏樹静子《なつきしずこ》著『腰痛放浪記 椅子がこわい』によれば、夏樹さんは自殺を考えるほどのひどい腰痛に悩まされていたが、結局は心因性だったという。夏樹さんほどの理知的な人でも、自分では気づかない心の奥底の動きにコントロールされてしまったのだ。もともと精神力に難のある私が心因性のトラブルを得てもいっこうに不思議ではない。

いっぽう、私と夏樹さんでは明らかにちがう点もある。夏樹さんは整形外科的に異常が全くなかった。でも私は「椎間板ヘルニア」と「先天性臼蓋《きゅうがい》形成不全」が確認されている。整形的に〝異常あり〟なのだ。

私は考えに考えた。もうジャングルの堂々巡りは御免だ。論理的に攻めよう。

これまでの腰痛密林理論をいったんおいて、仮に腰痛は「未知動物」だと考えることにした。

前にも書いたが、未知動物とはネッシーや雪男みたいな未知の動物、くだけた言い方をすれば「怪獣」のことだ。最近ではUFO（未確認飛行物体）にならって、UMA《ユーマ》（未確認不思議動物）なんて呼ぶ人もいる。私はそういうものを探すのが好きであり、真剣な探索者としては世界でも私の右に出る者はいないと自負している。未知動物の正体を探るときも論理的に攻める。

例えば、コンゴに住むムベンベという怪獣を三回も探しに行った。湖に棲《す》むというのでその湖を一ヵ月間、二十四時間態勢で調べた。次に「川でも目撃される」というので川も調べた。現地の村の人たちに聞きとりを繰り返した。その結果、興味深いことが判明した。

その辺はモザイクのようにいろいろの部族が住んでいる。だが、似たような環境であるのに、ムベンベを目撃したりムベンベについての伝承を持っているのはボミタバ族というたった一つの部族だけだった。すぐ隣の部族は謎の怪獣などまったく知らないのだ。

つまり、幻の怪獣ムベンベはボミタバ族となんらかの深い関係にあり、生物学的というより文化的な存在である可能性が高いということだ。

トルコに棲むジャナワールという怪獣を探したときも同じである。目撃者を丹念に洗っていったら、その中に怪獣目撃をビジネスに結び付けようとする人たちがいた。怪獣を撮影したやらせビデオを作ってテレビ局に売って儲けたり、観光業を盛り上げるために意図的に噂《うわさ》を作って流す人もいた。

また、トルコの極右グループの人々が怪獣目撃の報告をしたり映像に収めたりして怪獣話を世間に広めていることも判明した。理由ははっきりしないが、民族問題に絡む政治的な工作の可能性がある。

いっぽうでは、ウソややらせではなく、間違いの可能性も調べた。誤認しやすい草や岩がないか、魚の群れや大きな亀はいないか、などなど。

このように私は怪獣探しにおいて、生真面目《きまじめ》にいくつもの可能性を検証し、一つ一つ潰していくのだ。それで結論が得られるわけではないが、最終的にはだいぶ絞り込むことができる。

腰痛探検にも同じ方法を使うべきだと思った。

私には正直言ってこの腰痛が心因性とは思えない。もし心因性だとすれば大変なことになる。喩《たと》えていえば、今までジャングルを必死に彷徨っていたのだが、実は元の世界に帰れるルートはジャングルの向こうに広がる海にあったというようなものだ。そのくらいかけ離れている。

でも、いちおう、海のルートはないと確認しておきたい。

ネットで調べ、心因性腰痛を扱うことで一部では有名らしい心療内科の医院に電話をした。受付の女性の言葉に驚いた。

「いちばん早い予約は一ヵ月後です」というのだ。

「一ヵ月⁉」

こちらは依然として「今すぐどうにかしてほしい」と思っているので、ぶち切れそうになったが、せっかく電話をしたのだし、いちおう一ヵ月先の予約を入れた。

もし他の治療院なりクリニックなりが見つかればキャンセルすればいい。

論理的に攻めるということになれば、へんな情や好奇心も切り捨てる必要があった。すなわち、ミナミ鍼灸院をやめるということだ。動物と人を対照した話はすごく面白いし、先生もいい人だが、しかたない。

でも、中医学に見切りをつけていいのかは迷った。一つにはミナミ鍼灸院はまだ中医学の頂点とは言いがたいこと、もう一つは院長先生によれば「中医学では大昔から心因性の痛みも含めて考えている」ということ。

私はもう細かくゴタゴタと中医学に関わりたくなかった。中途半端な名医ではなく、ものすごい名医にかかって見切りをつけたかった。すでに亡き、院長先生の恩師の名前をあげ、「温先生の流れをくむ名医は香港にいませんか」と訊いた。香港まで行けばいちばん早く見切りがつけられると思ったのだ。

するとと意外な答えがかえってきた。

「厚木《あつぎ》に温先生の一番弟子格のすごい先生がいますよ」

「厚木って、小田急《おだきゅう》線の、ですか」

「ええ」

今すぐ香港に飛んでもいいと勢いこんでいただけに、拍子抜けした。そんなに近いところにいたのか。

「あの先生なら間違いないでしょう。香港の大学で教えていたこともあるし、向こうでもそれほどの人はなかなかいないですよ。まさに最後の砦ですね」

院長先生はできるところまで自分で頑張って、それでもダメならその名医を紹介するつもりだったらしい。早く言ってほしい、そういうことは。すごく悩んでしまったじゃないか。

予約制ではないというので、さっそく翌日、厚木に向かった。正直期待はしていない。治ればもちろんいいが、治らなくてもいい。見切りをつけられれば。

2．古代文明は密林に消える

「え、ここ？」と思った。

バスで三十分、バス停からさらに歩いて十五分。畑や雑木林がつづき、町外れというより田舎そのものだ。そして畑の中にポツンとある白い建物が「最後の砦」だった。

「鈴木《すずき》医院　内科・耳鼻科」とある。名医――というより「秘医」というべきか――、表向きは西洋医学の町医者でありつつ、鍼灸も奥義《おうぎ》を極めていると聞いている。

ドアを開けて中に入ると、驚いたことに、がらんとした待合室は床も壁も年季の入った板張りだった。しかも壁に貼《は》られた診療時間の案内や「ご希望の方には鍼治療を行っています」などという表示が、すべて毛筆。まるで昭和三十年代にタイムスリップしたようだ。

待合室にいたのは小さな子を連れた女性だけで、私の番はすぐにまわってきた。

まるで山奥の診療所のようだ。「こんなところにそんな名医が？」という疑いと、「こんなところにこそ秘医がいるんだな」という納得が交互に脳内に浮かぶ。

名前を呼ばれて診察室に入ると、がっしりした体つきをした白髪の老医師が待っていた。これが「秘医」の鈴木先生か。医学の進歩にも気づかず年を重ねている田舎の医者のようにも見えるし、医学の表面的な進歩など気にもかけていない本物の名医のようにも見える。

鈴木先生は私のそんな「文科系」的な妄想劇場を無視するようにきびきびとカルテを書いたり、看護師さんに指示を出したりしている。もう八十を過ぎていると聞くが、とてもそんな年には見えない。五十歳を過ぎてから香港にわたり、温先生に弟子入りしたというからパワフルな人なのだろう。私の顔を見るなり、いきなり訊いた。

「あなたは暑がりですか、寒がりですか」

突然のことで混乱してしまい、「暑がりです」と答えたら、先生は私の舌を見て、「あなた、寒がりでしょう」と訂正した。そのとおり。私はすごい汗かきなので暑がりと勘違いしたが、実際は汗をかくせいか暑さには強く、毛穴が開き気味なせいか寒さが苦手だ。

舌を見ればその人が暑がりか寒がりかわかり、しかもそれが治療に重要らしい。でも鈴木先生は言葉遣いこそ丁寧だが、詳しい説明は抜きでどんどん先に進む。寝台に横になると、先生は何かステレオのアンプに似た機械からコードでつながったペンのような器具を手にして、私の背中にあてる。ときどきチクッ、チクッという鍼《はり》で突かれるような感触がある。

「チクチクするでしょう。これが悪いツボ。磁気でわかるんです」そう言いながら先生はチクチクする箇所に、ペンみたいなもので一つ一つ印をつけていく。背中や腰の右側を見ながら、「だいぶ古いですねえ」とか「ずいぶん深いですねえ」などとつぶやく。

ツボに古いとか深いとかあるんですか？　と訊くと、「ありますよ」と先生。

「ツボには浅いツボと深いツボがあります。深いツボが痛んでいるときは病歴が長いことを示しているんです。まあ、それを『古いツボ』と言ったりもするんです」

印をつけたツボは全部で二十八ヵ所。これを「阿是穴《あぜけつ》」と呼ぶという。

「じゃあ、磁気鍼を打っていきますね。少しチクッとするけど我慢して下さいね」と言うと、先生はステレオアンプのような機械を引き寄せた。見えないのでよくわからないが、そこに鍼がつながっているらしい。ギター風にいえば、「エレキ鍼」

とでもいうのか。

同じ温先生の弟子というのに、ミナミの院長先生とは治療の仕方も使う道具もまったくちがう。どういうことなのか不審に思って訊くと、「理論的には同じですが、こっちの方が早いんです」と鈴木先生。

「でもこの機械はミナミでは使ってませんよね？」

「もちろん。これはまだまだ彼には教えられません」

口調は丁寧だが、説明は丁寧ではない。わかったような、わからないような物言いである。禅の導師や武術の達人と話をしているようだ。

先生は磁気鍼を私の背中や腰にあて、ツンツンとテンポよく刺していく。火鍼ほどではないが、けっこう痛い。特に腰椎の付近は痛く、ビクッと体が震える。鍼を刺すのは一瞬で、もちろん「響き」もない。これまたミナミの療法とはかけ離れている。

だいたい、中国四千年の知恵が凝縮されているはずの中医学で「エレキ」を利用することが腑に落ちない。先生に対して不信感があるというわけでなく、初めて診てもらうときにはそれがどういう理屈なのか、どういう思想体系なのか知りたくてしかたないのだ。相手が「秘医」となればなおさらだ。

「先生、どうして電気の鍼を使うんですか」とストレートに訊いてみた。

「『気』というのは電磁気なんです」先生もストレートに答えた。

そのあとの先生の説明は正直いってよくわからなかったが、どうやら磁気鍼を当てることで、電磁気（＝気）の流れを変えてやるということのようだった。

治療が終了し、寝台から降りて床に立つ。体を少し動かしたら軽い。鼠蹊部《そけいぶ》の痛みは残っていたが、腰の方は痛みが六、七割とれていた。治療直後にここまで変化を感じたのは大阪の超能力以来だ。

「だいぶ楽になりました！」私は感激の声をあげてしまった。見切りをつけに来たのに、やはりその場で治るに越したことはないから、喜んでしまう。

「薬をあげるから、それが終わったらまた来て下さい」と先生が素っ気無かったのが、余計に期待をもたせる。楽になって当然という顔だからだ。

もしかしたらこのまま治ってしまうのかも！……という甘い夢をつい見てしまったが、翌朝起きれば夢が醒めたのも超能力と同じ道筋だ。

痛みはすっかり元通りだ。正確に言えば、軽くはなっているが、腰の中心部つまり椎骨と股関節のあたりに痛みが集中している。目黒治療院でもカリスマ治療院でも治療（施術）直後に何度か体験した「だるいような、鋭いような痛み」である。

日が経つうちに痛みは少しずつ和らぎ、「いつもの痛み」に落ち着いた。

一週間後、再び鈴木医院に行ったが、今度は治療後、医院を出て歩いて行く間に腰が抜けそうな痛みに襲われ、バス停にたどりついたときはしゃがみこんでしまった。

三回目に鈴木医院へ行き、「すごく痛い」と告げると先生は眉間にしわを寄せた。

「整形では何て言われました？」

椎間板ヘルニアと脊柱管狭窄症《せきちゅうかんきょうさくしょう》と先天性臼蓋形成不全だと言うと、先生は今さらのように驚いた。

「臼蓋形成不全だったのかあ。それじゃあ無理だ」

「無理って……？」

「椎間板ヘルニアと狭窄症ならうちで百パーセント治ります。でも臼蓋形成不全は無理。骨の異常は中医学ではどうにもならない。手術しかないですね」

突然体温が三度くらい下がったような気がした。中医学の名医が匙《さじ》を投げてしまった。しかも手術しかないという。

鈴木先生は中医学の名医であるだけでなく、西洋医学の医師でもあるから説得力がちがう。中医学に見切りをつけて、本格的に心因性を検証しようと思ったら、正反対の方角に吹っ飛ばされてしまった。

しかも手術といえば、あの「足をいったん切断して、骨を削って金属をつけて、もう一度つなぎ合わせる」という大手術だ。

未知動物探索なら、「正体は恐竜の生き残りだった！」というくらい衝撃的な結論だが、こちらは腰痛探索だからかぎりなくマイナスだ。

以前、やむをえずインドに密入国してしまったとき、助けを求めた日本領事館の領事氏に「懲役五年は覚悟しなさい」と言われたときを思い出した。あのときも体が急に冷たくなった。そのくらいショックだった。

とりあえず「見切りをつける」という当初の目的は達成したものの……。アンコールワットではないが、古代文明は密林の中に消えていった。一度は幻と消えた西洋医学の絶壁が再度出現して、私は冗談ではなく気が遠くなった。

3．民主主義はつらいよ

それから一週間ほど、途方に暮れていた。

もちろん、ネットで形成不全の手術について検索してみた。術後、スポーツができなくなるとか、完全には普通の生活に戻れないこともあるとかいう記述に果てしなく落ち込む。考えてみれば、今まだこんなに健康なのに足をぶっちぎるなんて想像を絶している。

さらにネットを検索していくと、「形成不全は治る」という見出しを発見、「おおっ！」と夢中でクリックしたら、なんと懐かしや、目黒治療院のホームページだった。

「やっぱり目黒がいいのかも」とふと妻に漏らすと、

「え、そこに戻るの？」と彼女は驚いた。

そりゃ驚くよな。あれだけぼろくそにけなしていた〝大昔の彼氏〟とよりを戻そうっていうんだから。

「戻るんだねえ。腰痛メビウスだねえ」と彼女は感心したように言った。

私の腰痛がよくなったり悪くなったり、軽くなったり重くなったり、痛みが腰から股関節に移ったりまた腰に戻ったり、西洋医学に行ったり民間療法に戻ったりと、とにかくぐるぐる複雑に回っては元に戻るので、妻はそれを「腰痛メビウス」と名づけていたのだった。

おかげで彼女は、私が「大手術だよ！」と大騒ぎしていても「ふーん」としごく冷静だった。どうせまたどこかに戻るだろう、とタカをくっている節があった。

その冷静さにちょっとばかりイラッとしたが、それどころではない。

いまや体は完全に無政府《アナーキー》な状態に陥っていた。腰、股関節、腸腰筋《ちょうようきん》、腿の筋肉、そして膝までも何もかも痛い。手足の先は冷たく、胃腸の調子はわるい。

ここまでひどいというのはやはり臼蓋形成不全のなせる業なのだろう。「名医」鈴木先生が投げ出しただけのことはある——と私は変な納得のしかたをしていた。

いっぽうで、体が治療に対し頑強に抵抗しているという感触も消えない。だとすれば、心因性だ。この生々しいすべての痛みが「気のせい」とはとても思えない。

いや、「気」は電磁気として存在しているらしいので、気のせいでもないのか。

両足切断か心の病か。あまりに極端な二つの可能性の中で私は揺れた。

ふつうに考えるなら、整形外科と心療内科にそれぞれ行って、専門医の話を聞けばいいのだが、もう何年も腰痛世界をさまよっている私はそんなに簡単に思えなかった。

まず、整形外科はすでに三ヵ所、行っている。すべて意見はちがう。

最初に行った近所の整形外科クリニックでは「医学的に異常なし」と言われた。

二番目の立川クリニックでは「典型的な椎間板ヘルニアで、脊柱管狭窄症と先天性臼蓋形成不全もある」と診断された。

そして三番目の神奈川県の内視鏡手術の名医は「椎間板変成ではあるが、椎間板ヘルニアでも脊柱管狭窄症でもない」と言った。臼蓋形成不全については「可能性がある」だった。

同じものを見ても解釈が食い違っているのだ。

すでに三ヵ所で異なる所見が出ているのに、これからどこの整形外科に行けばいいのだろう。

セカンド・オピニオンという概念がここ十数年で急速に日本に普及してきた。かつて一人の医師が一方的に判断するという、「ラーメン屋のおやじ」状態だったのが、患者は複数の医師の意見をきくことができるようになった。独裁国家が民主化したくらいの変革である。

だが、複数の専門家がそれぞれ異なった意見を述べた場合、患者は一体どうすればいいのだろう。どの専門家の意見が正しいのか、素人の患者が判断しなければいけないのだ。

私の選択肢は整形外科だけではない。ＰＮＦとミナミ鍼灸院という、馴染みの恋人もいる。

ＰＮＦは週に一回のペースで通っている。さすがシェルターだけあって、どうにもならないほど痛いとき、ＰＮＦは確実に効くのだ。現状維持なら選択肢として残る。

かたや、私の体をめぐってＰＮＦとしのぎを削っていた（と書くとなんだかいやらしいが）ミナミ鍼灸院の院長先生は、私が鈴木先生の診断を報告したところ、驚いてはいたものの、「失礼ですけど、犬は形成不全でも鍼で治りますよ」と言った。「骨の異常は鍼では治らない」と中医学の名医は断言するが、名医に遠く及ばないはずの院長先生は実際に治療経験があるのだ。ただし犬、であるが。

名医の理論か、犬の治療例か。困難な選択だが、経験を重視する私の性格からは犬に賭《か》けたい気持ちも強い。

整形外科だけでもどこに診てもらえばいいかわからないのに、アメリカ最先端の理学療法と獣医の鍼にまで選択肢が広がっている。

どうすればいいのか。どれを、どこまでやればいいのか。

すべて判断は私に委ねられている。西洋医学も民間療法もド素人の私に。

「誰か決めてくれ！」と叫びたくなった。

独裁国家が民主化されても国民は幸せになるとはかぎらないとつくづく思う。思えば、昔の人はラクだった。かかる医師はたいてい一人。その医師が「これは椎間板ヘルニア！」と言えば、それが誤診だろうが、いっこうによくならなかろうが、患者本人に自動的に従うしかなかったのである。それだけ聞くと不幸のようだが、「どうしたらいいのか」という葛藤《かっとう》がない。

昔は病気のことは医者に、学校のことは教師に、行政のことは役所にお任せだった。社会は分担性であり、頭脳部分は専門家に任せ、一般の人たちは自分の仕事だけを考えていればよかった。

今はちがう。誰もが情報を平等に共有できる。言い換えれば、誰もが自分であらゆることを判断しなければならない。

ちっぽけな一個人が日々、政治や経済、国際社会の平和と貧富の差、子供の教育、消費者の権利、食や住まいの安全から福祉、老後、新しい健康法や医学療法、環境にやさしい生活について考えなければならない。

考えないとどうなるか。

周りからバカと思われたり、自分自身が損をしたり、後悔や自己嫌悪に陥ったりすることになる。建前が自由平等なのだから、何事も全力で調べ、研究し、実行しなければ、その時点で社会の落伍者《らくごしゃ》になってしまうのだ。

例えば、通信販売で不良品をつかまされたとき、昔なら「ああ、運がわるかった」で終わってしまったが、今はクーリングオフで返金してもらうことができる。言い換えれば「返金してもらわなければならない」。クーリングオフという法律を知らないとか、交渉の仕方がわからないというのは社会的にアウトなのである。

選択肢が異常に広がり個人の可能性が肥大化している現代社会は、「寅《とら》さん社会」とも呼ぶことができる。昔は「結婚しなければ一人前じゃない」とか「女は家庭」とか「勤め人でなければまっとうな社会人ではない」とか、本当に決まりごとだらけだった。

ところが、今の日本人は、寅さんが自分の体とトランク一つで日本中を気ままに渡り歩く究極の自由人だったように、人生のいろいろな局面をかなり自由に選ぶことができ、「この年齢（職業、性別）ならこうすべき」という社会の縛りも少なく、人間関係のしがらみも希薄なかわり、人生の幸不幸がすべて本人の責任となっている。

人間は生まれながらに平等であり、人間らしく生きる権利をもち、自分の人生を自分で決めることができる――。この民主主義の理念が日本人を寅さん化させていく。

でも、誰も人生を選べない昔に帰りたいとは思わない。私だって、「誰か決めてくれ！」と叫びたいが、もし誰かに「じゃあ、おまえ、これから目黒治療院しか行ってはいけない」なんて言われたらたまらない。

寅さんが「男はつらいよ」と言いつつ、やはり自由で自立した生活を捨てられないように、私も言いたい。「民主主義はつらいよ」と。

民主主義は喜劇なのかもしれない。

腰痛世界を彷徨うのは、私が彷徨いたいから、ってことなのだから。

第七章　腰痛最終決戦

1・ブラック・ジャックとの対決

難病「先天性臼蓋《きゅうがい》形成不全」をどこで治療してもらうかという問題で頭を悩ましているうちに、そして日本の民主主義の現状を憂えているうちに、桜は散ってしまい、葉桜になっていた。新年度に入ったかと思ったら、もうすぐゴールデンウィークの休みに突入してしまう。

早い。なんて早いんだ、時間が過ぎゆくのは。まるで滝のようにざあざあと時間が流れ落ちているような気がする。なにしろ腰痛治療を始めてもう二年目の春、本格腰痛開始から数えると実に四年目の春、それが終わろうとしているのだ。

冗談ではない。この分では腰痛が治る前に人生が終わってしまいそうだ。一刻も早く股関節の治療にとりかかりたかったのに、心ならずも心療内科に行くはめになった。

理由は簡単で、診察を予約した日になってしまったのだ。

今さら心療内科などどうでもいい気がしたが、せっかく一ヵ月待ったわけだし、試しに行ってみた。もともと可能性をつぶすのが目的である。

ところが私は診察を受けることもできなかった。「整形外科医の診断書が必要だ」と言われたのだ。

先生曰く、「もし整形外科的に問題があればこちらで一生懸命、精神的な部分に原因を求めてもムダ。それに、整形的な問題と心療内科的な問題が両方重なっている場合もある。その場合、どこまでが整形的な問題なのか、やはり整形外科の先生に診てもらわなければ、こちらとしても診断が下せない」

うーんと私は困惑したまま、とぼとぼ家に帰った。

私としては「可能性をつぶすために」心療内科に来たのだが、心療内科でも「可能性をつぶしてほしい」というのだ。だいたいにおいて、整形外科医の診立《みた》てが三者三様だから困っているのに。

困り果てていたとき、前に取材したことのある内科医の先生に「腰痛なら整形外科の名医がいる」と紹介されたのを思い出した。その頃、私は「名医」に食傷していたので「はあ、そうですか」と聞き流していたが、第四の整形外科医と考えたとき、急にその「名医」に診てもらいたくなった。

話によればその「名医」はたいへんな変わり者だという。東大医学部で教えていたが、旅好きが高じて東大を辞めてしまった。都内に小さなクリニックを開業したものの、一年の半分以上を東南アジアやハワイで過ごしているそうだ。

「普通なら一年の半分しか開いてないクリニックなんて誰も行きませんよ。でもあの先生はめちゃくちゃ腕がいいから、評判を聞いて患者さんが来るんです。私も早くそういうポジションになりたいですねえ」と紹介してくれた先生は羨ましそうにため息をついていた。

腕はめちゃくちゃいいが自分の気が向いたときしか治療をしないなんて、まるでブラック・ジャックのようだ。そんな医者が現実に日本にいるのか。

そう考えると、にわかにその医師が正真正銘の名医のような気がしてくるから不思議だ。

なにしろ一年の半分は日本にいないのだからあまり期待しないで電話をしてみると、意外にも受付係らしい女性が出た。幸い、先生はいま日本にいるらしい。私は翌日の予約をお願いした。

翌日、中野《なかの》区にあるブラック・ジャックの医院を訪れた。狭い道の両側に肉屋や豆腐屋が立ち並ぶ下町を通り抜けると、大きな棕櫚《しゅろ》の木の陰に古びた平屋の家屋が見えた。入口の扉がガラス戸になっている。クリニックというより昔の床屋みたいに見える。

狭い待合室を通って診察室に入った。

一間しかない板の間の診察室は、びっくりするくらいモノがなかった。掃除がよく行き届いているくせに、薬品や注射器の箱が診察台の下や床の上に無造作に積み重ねられている。そのざっくばらんさと簡素さはとても日本のクリニックとは思えない。タイかベトナムにでもいるようだ。ちょっと懐かしいような気持ちになる。

名医はたしかに変わり者だった。なにしろ医者のくせに白衣を着ていない。ラフなボタンダウンのシャツにジーンズというでたちだ。自由業の人間や風来坊にありがちだが、この人も年齢がさっぱりわからない。

愛想のなさもブラック・ジャック並みだった。「××先生にご紹介いただきました」と言っても黙って瞬《まばた》きしただけで、返事もしない。いちおう、腰の痛みについて説明するが、やはりむっつりしたままパソコンにデータを打ち込むだけである。

しかたなく、レントゲン写真のコピーとMRIの画像を手渡した。先生は黙ってそれを眺めてから、短い言葉で「足を伸ばして」「屈んで」と指示を出し、私の体をひととおりチェックした。

「椎間板ヘルニアとか脊柱管狭窄症とかいろいろ言われているんですが……」と言いかけたら、急にブラック・ジャックの目の色が変わった。

「椎間板ヘルニア？　そんなの、ないですよ。どこにもない」今までの無口を補うかのような早口で言う。

「え、ない？　でも……」

「椎間板はたしかにつぶれているから変成といえるけど、これも普通。別になんでもない」

ブラック・ジャックはMRI画像のあちこちを慌《あわただ》しく指差し、「ここもちがう」「これもちがう」と首を振って私の顔をじっと見つめた。バカかおまえは、と言いたそうな顔だ。

「じゃあ、脊柱管狭窄症では……」

「狭窄症？」ブラック・ジャックはまた途中で遮った。「そんなの、ない」と首を振ると、あらためてMRI画像を睨んでぶつぶつ一人で会話をしはじめた。

「いったいどこが狭窄症なのか？　え、どこですか？　ここか？　まさか。じゃ、ここ？　全然……」

狐につままれたような気分で、肝心の臼蓋形成不全の話に転じた。

「臼蓋形成不全を手術した方がいいと言われたんですが……」

そのあとに〝鍼灸の医師に言われただけなので整形の専門の先生にお訊きしたい〟と付け加えようとしたのだが、やはり短気なブラック・ジャックがそれを許さなかった。

「臼蓋形成不全？　これが？　やや浅めだけど、こんなのはいくらでもありますよ。角度が二十五度もあるじゃない。十度でやっと形成不全ですよ。こんなので手術するなんて医者は頭がおかしい」ブラック・ジャックはまくしたてた。

それだけではない。前に勤めていた病院でも、なんでも狭窄症とか形成不全とか言って無理に手術してしまう医師がいたと話したあげく、こう言い放った。

「そんなので手術するなんて医者もおかしいが、信じる方もどうかしている。人を見る目がないんだな」

直接私のことを言ったわけではないが、勘弁してくれよと思った。専門家の判断の誤りをどうやって患者が正せるのか。無理だ、そんなの。

それにしても、ヘルニアでも狭窄症でも形成不全でもないとはどういうことか。こんなに激しく痛むのに。

「じゃあ、原因はいったい何でしょうか」私はブラック・ジャックの目をまっすぐ見た。向こうもじっと見返して言った。

「体がかたいんじゃないですか」

「体が……かたい⁉」

あやうく大笑いしそうになった。冗談だと思ったのである。でもブラック・ジャックは冗談のつもりは毛頭ないらしく、「朝起きたらストレッチをやった方がいい」と主張するのだった。

どうにも困り果てた。名医は腰痛の存在自体を認めていないようなのだ。

「朝起きて顔を洗おうとするだけで『いてててて！』という感じなんですよ」私が苛ついて訴えると、先生は「でも顔を洗えるんでしょう」

「ちょっと重いものを持っただけで、てきめんに痛みが出るんですよ」と言えば、

「私だって重いものを持てば腰が痛くなる。普通ですよ」

以前にかかった治療者の診断を否定されるのは今まで何度もあったが、腰痛そのものを否定されたのは初めてだ。この二年、私の生活＝腰痛である。腰痛の否定は私自身の否定でもある。頭にきて大声を出してしまった。

「とにかく、腰痛はあるんです！　心因性の疑いを確かめたいんです！」

先生も負けずに声をあげた。

「心因性って何？」

「何って……よくわからないけど、精神がおかしくて体に異常が出ることでしょ！」

「あなた、文章を書くんでしょ？　クリエイティヴな職業の人はみんな、頭がおかしいですよ。おかしくないといい仕事なんかできない。医者も同じ！」

ブラック・ジャックは言い放つと、じっとこちらの目を見据えた。私も見返した。私とブラック・ジャックはしばし、睨みあっていた。

ふっと笑いがこみあげてきた。この先生、めちゃくちゃ面白い！

「所見を書けばいいんですね」先生もふっと我に返ったように言った。

専門用語が連なった診断書の最後の一文はこうだった。

「一般的な股関節の疾患あるいは一般的な腰椎の疾患ではこのような痛みは起こりません」

深い感動が私を襲った。口で「異常は特に見当たらない」と言われるのと文書化されるのでは全然ちがう。私の腰痛は晴れて「原因不明」と診断されたのだ。

一歩前進だ！　と飛び上がりたいくらい嬉しかった。

「でも大逆転というものがありますからね」と先生は言う。

学校へ行こうとすると、必ず腰痛が出るという小学生がいて、心因性だとかあれこれ調べたのだが、なぜか下剤を出したら、一発で治ってしまったことがあったという。

こういう大逆転ならまだいいのだが、私によく似た痛みを訴える患者が多発性の骨のガンであることがわかり、そのまま死んでしまったこともあるという。直接の原因は解剖しても不明だったとか。

人間の体はわからない。それは本家・手《て》塚《づか》治《おさ》虫《む》の『ブラック・ジャック』に繰り返し描かれていることである。

ブラック・ジャック医院をあとにし、商店街を歩くと、夕日に映る景色や人のざわめきが美しかった。

両足切断の大手術でもしかすると車椅子生活になるかもしれないと思っていたら、「なんでもない」と言われたのだ。インドで密入国の罪で捕まり「懲役五年かもしれない」と覚悟していたら「今すぐ日本に返してやる」と言われたときと同じ気分だった。土俵際の大逆転だ。

「奇跡だ！」と感激しかけたが、痛みはそのままだし、実際には何の進展もない。

進展がないだけでなく、謎が深まるいっぽうだ。やはり心因性なのだろうか。鍼灸でも心因性腰痛は治ると聞いていたが、必ずしもそうではないのだろうか。

それにしても、「異常なし」というのは、最初に行った近所の整形外科医の診立てどおりである。立川の医者はそれを「ヘボ」と罵倒《ばとう》したのに、結局「ヘボ」が正しかったのか。

またしても腰痛メビウス、どこまでも戻る。不可思議な軌道を描いて、戻る。

明日いよいよ、残された最後の秘境というべき「心因性の海」に乗り出すことになる。

もう、戻ることはないかもしれない。

2. あんまりな結論

翌日、朝早く目が覚めてしまった。遠足に行く子供のようにワクワクしている。いよいよ謎の腰痛の正体が解明されるかもしれない。それは謎の怪獣を発見するのと同じくらい気持ちを高揚させた。

夏樹静子さんと同じパターンで終わるのは、以前なら悔しかったかもしれないが、今ではどうでもよかった。治ればいいのである。

心療内科のクリニックは江戸川《えどがわ》区の外れにあった。西洋医学でも民間療法でも、「名医」の治療院は「都内の一等地」か「ちょっと辺鄙《へんぴ》な場所」に分かれる。放っておいても名医のところに患者はどんどん来る。商売の心配はない。それなら都内の一等地が便利でいいやと考える先生もいれば、逆に場所には全くこだわらないという先生もいる。この心療内科は後者だろう。

渋谷《しぶや》から山手線、総武《そうぶ》線と乗り継ぎ、都内を横断する。荒川《あらかわ》を越え、江戸川を越え、と大きな河を渡っていくと、「新しい展開が始まるのだ」という期待が弥《いや》が上にも高まる。

各駅停車しか停《と》まらない小さな駅で電車を降り、駅前のちんまりした商店街を抜けてクリニックにたどりついた。外見も室内もごく普通の内科医院と同じであることはすでに知っている。先生も前回は「整形外科の所見をとらないとどうにもならない」と取り付く島もなかったが、さすがに今回はきちんと正面から見てくれるだろう。

さあ、いよいよ勝負だ！　と気合を入れて扉を開ける。

ところが、心療内科の名医のやり方はだいぶ予想とちがった。てっきり自分の生活や精神状態、仕事などについて先生を相手にたっぷり話すものと思ったら、看護師さんに心理テストの紙を何枚もわたされた。

「ご飯を食べるのが早いか」「怒りっぽいか」「人の話をよく聞く方か」などといった質問が山のように並び、それについて「1・（ご飯を食べるのが）とても早い　2・ちょっと早い　3・ふつう　4・あまり早くない　5・遅い」というように選択肢があり（質問によって選択肢の数はちがう）、該当すると思ったものに丸をつける。入試のようでなんとも味気ない。

質問は百以上あったが、なにしろ簡単なので十分ほどで終わってしまった。用紙を受付係の女性にわたして五分ほど待つと名前を呼ばれ、中にはいった。

先生は六十代後半から七十代、知的な広い額と鋭い目つきはヴィトゲンシュタインとかヘーゲルとか、よくわからないが、ヨーロッパの哲学者を連想させる。

ここではA先生と呼ぶことにしよう。ホームページのプロフィールでは森田《もりた》療法を研究したとある。夏樹静子さんの主治医と同じ系統だ。森田療法は神経症の治療法として知られる。断食療法などの心理療法で強迫神経症を治すと本には書いてある。夏樹さんも断食療法で快癒している。

心理試験が前準備でこれからカウンセリングみたいなことが行われるのだろうと、

私は喋る気満々だった。腰痛の話はいくらでも喋れるし、喋りたい。

ところが先生は前置きも何もなく、デスクのカルテから顔をあげるなり言った。低音だが朗々と響く声である。

「あなたね、典型的な心因性腰痛ですね」

私は驚いて言葉も出なかった。だってまだ何も話していないのだ。どうして断言できるのか。

こちらの疑問を察したように先生は一枚の紙をぺらりと私の目の前に差し出した。折れ線グラフが書かれている。

「これがさっきのテストの結果。この線は心の指紋って言ってね、あなたの性格を表しています」

「はあ……」

「あなたはストレスにすごく弱い性格。いつも人の顔色ばかりをうかがっている。人がどう思うかいちいち気にしている。いちばん心因性の疾患にかかりやすいタイプですね」

さきほどとは別の意味で言葉を失ってしまった。先生は意に介せず続ける。大学教授がレベルの低い学生相手に講義でもするような口調で、温かみはない。

「抗うつ剤を出すから飲んで下さい。効くかどうかじゃなくて、飲めるかどうか試すだけだからそのつもりで」

「飲めるかどうかですか」

「人によって副作用が出るから」

「どんな副作用ですか」

「だから人によってちがうの。それを知るために飲むの」

「はあ」

それだけであった。私は会計をして、下の薬局で抗うつ剤やら胃の薬やら大量の薬を購入して、電車に乗って帰宅した。

電車の中で私は怒り心頭に発していた。

心因性というのにどうして私の話を全然聞こうとしないのだろう。夏樹静子さんはひじょうに丁寧に医師から接してもらっていたようだし、最終的に断食療法という心理療法で解決したのに、私はただ「薬を飲め」と言われただけだ。しかもなぜうつ病でもないのに抗うつ剤なのだろうか。その説明もない。

なにより「いつも人の顔色ばかりうかがっている」とだけ言われたのが、めちゃくちゃむかついた。卑怯者、臆病者《おくびょうもの》、ごますり……つまり「最低の人間」と言われているようなものだ。

否定はしない。

私は意外に人の意見や感情に敏感だ。自分の本がネットのレビューで「もう全盛期のパワーはない」とか「狙《ねら》ったギャグがことごとくはずれている」なんて書かれると、それだけで落ち込むし、妻はもちろん、駄犬ダルマが不満そうな顔をしていても、「俺、なにかまずいことをしたか？」と考えてしまう。

でも、この強烈な腰痛の原因がそれってどういうことなのだろう。どうして赤の他人に、ペーパーテストだけでこんなことを言われなきゃいけないのだ。

ほんとうにふざけんなよと喚《わめ》きたかった。

実際に家に帰ると、妻に向かって喚いた。

「じゃあ、もっとわがままに生きろってことか⁉」

「え、今より⁉」妻は仰天した。

妻の驚く顔を見て、我に返った。

そうだよな、今だって十分わがままだよな。朝は寝たいだけ寝ていて、食いたいものを食っている。酒は飲みたいだけ飲むくせに付き合いは決してよくない。仕事の量は少なく、しかも百パーセント、好きなことしかやっていない。やりたくない仕事は躊躇《ちゅうちょ》なく断っている。

私がストレスに弱い気質だとしても、今どこにストレスの要因があるのか。

よく考えれば、日本人で他人の顔色を気にしない人の方が珍しい。日本人は「人からどう見られるか」をすべての価値観の基礎としている。よくも悪くも典型的な日本人の私も例外ではない。だいたいにおいて、心療内科に行く人は自分の心理もわからず、他人にお伺いを立てるわけで、人の言うことが気にならなかったら治療が成立しない。

そう考えると、冷静さを取り戻してきた。

私の腰痛が心因性だとしても、「心の指紋」というものがあるほどなら、もっと複雑な要因があるにちがいない。あの先生はどうにもぶっきらぼうだから一言で済ませただけかもしれない。あまりに失礼かつ不親切なので、「何か意図して患者を突き放すという方針なんじゃないか」という気もしなくはない。

自分がそれほど「人の顔色をうかがっている」とは到底思えないものの、心当たりはやはりある。

私は「郷に入っては郷に従え」というスタンスなので、どこに行っても現地の言語を話すように心がけ、現地の食べ物を食べ、現地の習慣に従おうとする。現地の顔色をうかがっているともいえる。

東京の自宅に戻っても事情は変わらない。プロの物書きというのは独りよがりではいけない。読者がどう思うか常に念頭におかねばならない。読者に媚《こ》びず、それでいて、面白く引っ張れなくてはいけない。その辺のバランス感覚が命といってもいい。

そして何より、私は周囲の期待にこたえたいという気持ちが強い。期待にこたえるどころか、さらに驚かせてやりたいと思う。「そこまでやるのか」と言わせたい。そして書いたものを「面白い！」「こんな本は読んだことがない」と言わせたい。絶対に「つまらない」と言われたくない。

読者の要求はどんどん高くなるから、やればやるほど大変になってくるが、それに負けて、安直なグルメ紀行や日常エッセイなど書きたくない（書こうとしても書けないが）。

これも言い方を変えれば、読者の顔色をうかがっているといえる。

そういう気持ちはストレスであると同時に、私の仕事を維持する最大のモチベーションだ。

ならば半ば〝職業病〟だ。しかたがない。

――それに……。

薬を飲んでこの最悪の腰痛から逃れられるのなら別にいいではないか。もはやプライド云々の状況ではない。もし心因性でなければもっと困ることになるのだから、自分がどんなに情けない人間と判断されてもここはその説にすがりたい。

抗うつ剤を飲むというのもやはりショッキングだが、私は今、心因性という大しけの海をさまよう筏《いかだ》みたいなものだ。その筏にのせたGPSだと思えばいい。GPSとは車のナビと同じで、現在地を調べるための衛星測位システム機器のことだ。GPS元の非腰痛世界に間違いなく戻してくれる最先端機器なのだ。

そう信じることにした。

3. 機材一式を放棄する

その晩から薬を飲みはじめた。これが想像以上にきつかった。

頭がぼんやりし、眠くてしかたがない。胃もむかむかする。めったにならない便秘にもなった。「とても我慢できなかったらやめなさい」と医師に言われたが、家にいるし、仕事もしないからなんとか我慢できる。いいことかどうかわからないが、長引く腰痛探検のうちに、苦痛を我慢する癖もついてしまっている。

一週間後、医院に行くと、A先生は相変わらず仏頂面。

「薬は飲めましたか」

「ええ、なんとか」

すると、またもや説明なしに「じゃあ、四週間分出すから飲んで」とドカン。

便秘になったと言ったら、「じゃあ、便秘薬」とあっさり。

あらためて森田療法はどこへ行ったのかと思う。ただ薬をバンバン出すだけじゃないか。今の私にとって薬による治療は抵抗が大きい。これまでかかった民間療法のほとんどが薬、とりわけ西洋医学の薬を否定していた。

所詮《しょせん》、そんなのは心理的抵抗と笑うなかれ。私は心因性の男なのだ。他人の影響を受けやすく、それで腰痛にまでなってしまうほどストレスに過敏な体質なのだ。私にには信じがたいが、医者本人がそう言っている。私にこれ以上のストレスを与えていったいどうするつもりなのかと言いたくなる。

でも始まったものはしかたない。

薬を飲みつづけるが、数日後、目眩《めまい》が始まった。立っているとき、歩いているとき、貧血のようにスッと意識が薄くなり、体が傾く。

目眩に加え、眠気とだるさがひどい。胃もむかつく。

不思議なことに昼も夜もいくらでも眠れる。いくら寝ても腰痛が悪化しない。つまり治療は間違ってはいないということだろうか。

でも、起きていられないのでは話にならない。五日目で薬をやめてしまった。江戸川の医院に行き、説明すると、A先生は「一週間飲んで平気だったのに今ごろ目眩が出るなんておかしい」と眉間にしわを寄せた。「この薬がいちばん効くのに……」と不服そうだ。そんなことを言われてもなあ……。

私の話を今まで一度も聞かないし、向こうから説明もない。

腹が立ち「いったい僕はどういう経緯で心因性になったんですか」とやや強い調子で訊いた。

「例えば夏樹静子さんは三十年間、第一線で活躍してきた疲れが出てきて、夏樹静子という名前が重くなってきたそうです。僕も何かそういう原因があるんですか？」

私はもしかして「辺境に行きたくない」とか「これ以上のことをやらなければいけない」という強迫観念が深層心理にあるのかもしれないと思っていた。

しかし先生は面倒くさそうに言った。

「あなたは腰痛そのものに執着しているの。心因性腰痛の人は腰痛のことばかり考えているの。それがいけないの」

「…………」

「はっきり言えば治そうと思うのがいけない。でもそう言うと、みんなここに来なくなるから言わない。つまり、あえて情報を与えないようにしているわけ」

それだけか。拍子抜けした。私の心が腰痛という幻をつくっているとは理解していたが、「逃避疾病」の類いだとばかり思っていた。町にいたくないから、密林に逃避したというような。

ところが、そんな深い（というほどでもないが）理由もなく、ただ「腰痛に執着している」だけだったという。

言い換えれば、私は腰痛が好きだったってことか。辺境を愛するように腰痛を愛していたというのか。

思えば、私は世界地図を眺め、本を読み、人に話を聞き、「辺境はないか」といつも探している。それと同じように、私は腰をさわり、本を読み、医師（治療師）に話を聞き、「腰痛の治療法はないか」と探していたことになる。

拍子抜けがゆるやかに驚きに変わった。

そんなことは考えたこともなかった。考えたこともないだけに説得力があった。「執着が症状を生む」というのも、「治そうとしてはいけない」というのも、森田療法の考え方だ。治療に熱がないようなぶっきらぼうな物言いも、私の腰痛治療への執着を薄めようという意図なのかもしれない。

「もう一度、信じてみよう」と決意した。

でも薬を飲みだすといけない。夜はさっぱり寝付けず、昼間は無闇に眠く、うつ病患者のよう。完全に昼夜逆転し、何もできない。四日で薬を中止した。

うつ病患者でもないのに抗うつ剤を飲んでうつ病のようになるとはどういうことか。

「やっぱり、おかしい……」怒りと不信がこみあげてくる。なつかしの〝ダメ女子〟パターンである。

再び、医院へ出かけた。薬がきついと訴えると、「またダメか」と不機嫌そうにつぶやく。私がいけないみたいな口ぶりだし、本気で面白くなさそうな顔だ。

「投薬じゃなくて、心理療法をやってもらえないですか」思わずイラッとした口調で訊くと、

「うちはそういう設備がないから無理」

何言ってるんだという顔で先生は答えた。

「では心理療法をやっているところを紹介してもらえないですか」

「紹介？　そんなことはできない。あなたが勝手に行く分にはかまわないけどね」

と、取り付く島がない。

別の抗うつ剤をもらって飲むが、昼夜逆転がつづき、眠くてだるい。医院で昼夜逆転を訴えたら、「それじゃ薬を飲んでいる意味がない」とポンと睡眠薬を出された。

しかし事態はいっこうに改善されなかった。夜十二時前に睡眠薬を飲んでも二時間ほどで目が覚め、あとは午前九時くらいまで眠れない。眠いのに目が冴《さ》えてしまうという徹夜明けみたいな気分だ。仕事をしようとしても集中力が全然湧かない。挙句、引きずり込むような睡魔に襲われ、夜までずっと眠ってしまう。日本にいながらにして、アメリカ大陸に行ったとき並みの時差ぼけ状態だ。

あまりにひどいので三日目、睡眠剤を増量したが、眠りのサイクルは変わらない。時差ぼけでもこんなに長くは続かない。何か体質が変わってしまったのだろうか。

ちょうど一週間たった日、不意に目覚めたら辺りは薄暗かった。生活のリズムが狂っているので朝か夜かもわからない。時計を見たら七時。日の長い六月になっていたから、どうも夕方らしい。

居間に行くと妻の姿はなかった。取材だろうか飲み会だろうか。よくわからないが外出中らしい。ダルマが座布団の上ですやすやと気持ちよさそうに寝ている。この満足そうな様子から察するに、散歩も夕飯も終わったらしい。

窓の外を眺めると、すっかり日は暮れて家々には団欒《だんらん》の灯《あか》りがこぼれていた。にわかに怒りがこみあげてきた。

医院に行く前より何ひとつよくなっていない。前は苦しいながらも最低限の生活はできた。仕事も多少はできたし、ウォーキングや水泳も折に触れてはやっていた。今は仕事も運動も全くできない。家庭生活も変調をきたしていた。

私も妻も生活が不規則になりがちなフリーの物書きなので「朝と夜はなるべく一緒に食事をしよう」と決め、結婚以来ずっと守っていたのだが、昼夜逆転が甚だしいため、不可能になった。その結果、妻との会話も途絶えた。彼女は私の代わりにダルマに話しかけながら食事をしているようだが、よくわからない。

そこまで犠牲を払って、肝心の腰痛に改善の気配がない。たしかにいくら寝ても「痛くて起きてしまう」ということはないが、起きているときは同じように痛む。

だいたい、こんなに無闇に薬を飲むのはおかしいんじゃないか。

目黒治療院では薬を飲むなとは言わなかったが、「あまり薬に頼るのはよくない。自然治癒力が落ちる」と言っていた。カリスマ先生はもっと薬に否定的だった。化学物質がダメで、ガンも薬害と言っていたほどである。整形外科やPNFでも筋肉を鍛えるというナチュラルな志向では同じだ。そして鍼灸（＝中医学）では体のバランスを気にしていた。

ところが今回はバリバリの西洋医学。足し算の世界だ。

抗うつ剤はGPSでいいとしても、GPSはそれだけでは動かない。バッテリー、変圧器、調整用のパソコン、電源用の発電機、そして発電機を動かすガソリンも必要だ。

私はGPSこそ使ったことがないが、ビデオカメラや魚群探知機ならアフリカやミャンマーで使ったことがある。一つ便利なものを使うのに、ものすごく装備がかさむのに驚いたものだ。量が増えるだけでなく、どんどん複雑化していく。コードがぐちゃぐちゃとからみ、埃《ほこり》や結露や軽い接触など、ちょっとしたことですぐに不具合や故障を起こす。都会ではわりと普通に作動する機器でも、自然の中ではそうはいかない。

同じように、私は抗うつ剤に加え、胃腸薬と目眩止めの薬を出された。便秘になると下剤が出され、眠れないというと睡眠薬。薬がどんどん増える。心身への負荷がどんどん増す。

今の私は、大しけの海に浮かぶ筏みたいなものだ。元の非腰痛世界に戻るにはGPSが必須《ひっす》なのだが、これが大型であるうえ、付属機器があまりに多い。筏は機材の重さで沈みそうなのだ。

本末転倒じゃないか。

しかも説明が何もない。筏の大きさは人によってちがうはずなのに、一律で機械をどんどん搭載していいのか。

今までの私の苦労を知っているのだろうか。脳裏に遍歴した治療院の場面がフラッシュバックのように甦《よみがえ》った。

不信感に捉えられながらも、喧嘩《けんか》に負けた犬のように腹を見せて足を動かされていた目黒治療院。

その目黒治療院の弁護を一生懸命してしまった砦整骨院。

治療の反動で新宿駅東口の雑踏で倒れそうになったカリスマ治療院。

「腹筋・背筋を一生」と軽く言われた立川の整形外科クリニック。

両足の切断手術について事細かに聞かせた神奈川の整形の名医。無気力な筋肉をぶるぶる動かして屈辱に喘《あえ》いだPNF研究所。腰だけでなく胃腸の脈までも「すかすか」と言われたミナミ鍼灸院。そして「手術でなければ治らない」と言われた鈴木医院に、私の腰痛を「なんでもない」と断定しようとしたブラック・ジャック……。

情けない。心底情けない。プライドを傷つけられ、自己嫌悪に陥り、それでも腰痛を治すためだと思って頑張ったのだ。その挙句、最後にたどりついたのがこの心療内科なのに、なぜこんな目にあわなければいけないのか。考えれば考えるほど怒りがこみあげて、悔し涙が出そうになった。

A先生の顔が浮かぶ。何の感情もなく、「あなたは人の顔色をうかがってばかりいる」と彼は言い放つ。

ふざけんな！

私はぶち切れた。机の引き出しを開けて大量に薬が入った袋を取り出すと、台所のゴミ箱にどかっと叩き込んだ。興奮しているうえ、薬がまだ効いているから、これだけの行動でもハアハアと荒い息をついた。

私の剣幕に驚いたらしく、寝ていた犬がとことこ出てきて、「どしたの、いったい？」という顔で見上げた。

「俺はね、もうやめたんだ」私は犬に笑いながら話しかけた。「もう何もかもやめたんだ」

特に異変が起きたわけでもなさそうだと思ったらしく、犬は退屈そうにあーんとあくびをした。

「じゃ、留守番よろしく！」

水着を持って家を出た。

これからプールで泳ぎまくってやる。どうせ心因性だからいいんだ。GPSも捨てちゃったんだからいいんだ。もうどうなったっていいんだ。

4．水泳という理想の伴侶

区民プールは大きなぽわんとした照明に照らされ、白々と光っていた。

八時近いのでもう子どもの姿はなく、大人、それも中高年の人が中心だ。おじさんが生白い腹を見せてふわふわと水中を歩いていたり、背筋が盛り上がったおばさんがガシガシとクロールで泳いでいる。話し声はなく、ちゃぷちゃぷ、ばしゃばしゃという音だけが聞こえる。

準備運動を終えた私はゆっくりと水に入った。梅雨のこの時期、外がえらく蒸し暑くて汗だくになっていたから、ひんやりと心地よい。私は「周回コース」に移動した。二十五メートル、立ち止まるのが禁止というスイマー用コースだ。

よっしゃ！　気合を入れて、いったん上に跳ねると、体を縮めて勢いよく壁を蹴って、水中に突っ込んだ。水が圧迫する。こっちは水を切り裂く。ずいぶん久しぶりの感触だった。

水泳は半年くらい前から近くのスイミングスクールで習っていた。

運動をした方がいいと思ったからだ。歩いたり走ったりは腰にどうしても負担がかかるが、水の中なら大丈夫かもしれない。そう思って始めた。

最初、コーチに「特に姿勢に注意して教えて下さい」と言った。目黒治療院でもPNFでも姿勢第一と言われつづけてきたからだが、すぐに不要なお願いだとわかった。

水泳のコーチはクラスの初めから終わりまでずっと「姿勢に気をつけて下さい」と全員に言いつづけるのだ。およそ水泳ほど姿勢にうるさいスポーツはないだろう。

まさにうってつけというやつだ。私はすごくゆっくりなら平泳ぎで千メートル、クロールでも五百メートルほどは泳げたが、全くの自己流なので、いちおう初級から始めることにした。

　案の定というべきか、コーチの教える泳法は私のでたらめな自己流とはかけ離れていた。今までのやり方を捨て、ちゃんとした泳ぎ方を身に付けようとしたら、息継ぎもうまくできない。クロールは五十メートル泳ぐと苦しさで顔から血の気が失せた。

　それでも初級はよかった。クロールと背泳ぎがメインだからだ。だが、中級に進んだら困った。主にバタフライを練習する場だったのだ。バタフライはてきめんに腰にくる。

　コーチのお手本を見ると、飛び魚のようになめらかで体に抵抗がかかっていないようだが、私たち生徒は水の抵抗をもろに受ける。腰も激しく上下する。バタフライをした次の日はひどい痛みに襲われ、しばらくプールから遠ざかった。二、三週間くらいして、「そろそろいいかな」と思って行くとまた腰が痛くなり、また休む。

　結局、二ヵ月に三回くらいのペースで通っていた。ときどき担当コーチから「高野さん、最近お顔を見ませんが、どうしました？」と電話がかかってきたくらいで、学校の部活になぞらえれば「幽霊部員」といったところだ。

なのに、薬をゴミ箱に叩き込んだら急に泳ぎたくなった。

一言でいえば「自棄《やけ》」である。

もう何も頼るものはないし、どうせ心因性ならいくら激しく泳いでも関係ないだろうと思ったのだ。

区民プールで私はガシガシ泳いだ。バシャバシャと水しぶきをあげて、腰を思い切り動かしてバタフライをやってみた。

案の定、たちまち腰に鋭い痛みが走ったが、「どうせ心因性だ！」と心でわめいてつづけた。痛くなっていくのが一種、快感でもあった。ほんとうに心因性なら痛みが出るわけもないのに、明らかにギシギシと腰が軋む。「ほら、見ろ！」と医師にあてつけるように泳ぐ。「痛快」とはこのことだ。

もうどっちでもいい。本当に心因性ならいくら激しく泳いでもいいはずである。もし心因性が間違いなら「ざまあみろ！」と先生に対して溜飲《りゅういん》を下げることができる。「人の顔色ばかりうかがう輩」という汚名もそそぐことができる。

自棄のまま、一時間ほど泳ぎまくると、最近の極端な運動不足のせいで、へとへとに疲れ果てた。そしてその効果はすぐに現れた。

帰宅して、今まで抗うつ剤服用のため控えていた酒をがぶがぶ飲むと、夜は十二時ごろあっさり眠くなって寝てしまったのだ。なんのことはない、睡眠薬でも眠れなかったのに、運動したら疲れて眠ってしまった。しかも朝までぐっすりと。

翌日以降、さすがに腰の状態はよくなかったが、かまわないことにした。昼間、家にいると眠くなるので、近所のドトールコーヒーに出かけ、何もしなくても、とにかくそこにいた。眠くなるとうとうと居眠りをするが、さすがに何時間も寝られないからちょうどいい。

夜はプールに行き、泳ぐ。週二回は再開したスイミングスクール、ほかの日は区民プールで自主練。自転車旅が終わってから慢性的に運動不足だったので、毎日の水泳はかなりこたえた。疲労が蓄積したが、週に四回か五回のペースでつづけた。激しく泳ぐとあまりの息苦しさに腰の痛みが忘れられ、その日帰宅して寝床に入るまで、かえって痛みは減じた。翌日は当然痛みが戻るが、「夜まで我慢しよう」と思い、じっとドトールで耐えて、夜プールに行って解消した。

一週間くらいすると、睡眠のサイクルが完全に戻った。ドトールにただいるだけに飽きてしまい、自然に仕事を始めてしまった。

腰には周期的に強い痛みの発作がやってきた。

詳しいことは憶《おぼ》えていない。というのは、薬を捨ててから細かい腰痛日記をつけなくなったからだ。「もうどうでもいい」と自分に言い聞かせるためである。

手帳にはところどころメモ書きが残っている。それによれば、二週間後に「さすがに腰がすごく痛い」とある。さらに一ヵ月後「激烈な腰痛！」。

その都度、腰痛を口実に休みたい自分を叱咤《しった》して、プールに出かけたように思う。痛みで眠れないようなときでも、泳げば疲れで寝てしまい、かえってラクだとわかってきたからだ。

そして約二ヵ月後。八月の終わりのことだが、「腰痛、限界に近い！」という悲鳴のような一文が見られる。

このときはさすがに憶えているのだが、ほんとうに痛かった。泳ぎ終わっても痛みが減じなくなった。椎間板が背骨の中でぐしゃっと潰れていくイメージが浮かんでは消え、「やばい……」と動揺した。もう一度、どこかの治療院に舞い戻ることも検討した。

それでも不思議なことに私は「どうせ心因性だ！」と唱えつづけた。あれだけ心療内科のA先生にむかつき、半ばあてつけで泳ぎだしたのに、やっぱり先生を信じている。これも人の意見や感情に同調してしまう性格ゆえだろうか。

限界腰痛の三日目のこと。「異変」が起きた。相変わらず五十メートルのクロールを繰り返し、必死で泳いでいたところ、腰痛がだんだん薄れてきた。というより息の苦しさがひどくて腰の痛みが薄れて感じられるのだ。

そのときふと目黒治療院の若先生の言葉がよみがえった。

「人間の脳は同時に複数の痛みを感じない」

肉離れを起こした人はもし二ヵ所肉離れをしていても一ヵ所しか痛みを感じない。腰痛と膝痛の両方を抱える人はどちらか辛い方しか感じない……。

そう若先生は言った。

「感じない」とは極端な言い方だが、一ヵ所が辛いと二番目の箇所は文字通り「二の次」となる。それまでこれを「痛み」の話と限定して考えていたが、もっと広く「苦痛」と捉えてもいいんじゃないか。

要するに「腰が辛くても頑張る」のでなく、「腰が辛いから頑張る」のだ。

今まで腰がまだ大丈夫かと気を遣いながら泳いでいたのだが、このときからはっきりと意識して水泳に打ち込めるようになった。三ヵ月も通い「何にも意味がなかった」まま止めてしまった目黒治療院の経験が、丸一年後に役に立ってしまったのだ。

翌日か翌々日。気づけば腰がラクになっていた。よくなったというわけではないが、何か「ピークを越えた」という気がした。

それからはまた記憶がない。メモも何もない。

手帳メモにあるのは「その日、プールで泳いだ」ことを示す(泳)印だけ。一週間に四回か五回のペースで印は続いている。

そして季節は夏から秋、秋から冬へと移っていった。

だんだん水泳が楽しくなってきた。コーチや他の生徒さんとも仲良くなった。

「高野さん、今度は記録会に出ましょうよ」と三十前後の若いコーチが言う。

「えー、僕なんか無理ですよ」と答えつつ、出るとしたら平泳ぎかクロールか考えている自分がいる。

「いやいや、大丈夫です。記録会に出ると泳ぐのももっと楽しくなりますよ」

「そうよ、あなたなんか若いんだから」と同じ中級で泳いでいる年配の女性が口をはさむ。

「若くはないんですが……」と苦笑しつつ、「じゃあ、出てみようかな……」

「はい、それじゃ、今日は百メートルのタイムをとってみましょうか」とコーチ。

「ええー！」不満の声があがる。タイムをとるのはきつい。しかも今まで五十メートルしか計ったことがない。

「はい、ごちゃごちゃ言ってないで、行きますよ！」コーチは構わず命じる。

「はーい」彼より全然年上の私たち生徒は子どものように答えた。みんな、不満そうでいて、妙に意気込んでいる。それこそ夏休みの小学生みたいな顔だ。

こんな和気藹々《わきあいあい》として、でもきちんとした練習がつづいていた。泳いだあとは、その日、原稿がはかどっていなくてもひじょうに充実した気分になる。さらにビールのうまいこと。妻も犬も相手にしてくれるようになったし、至福のひとときだ。

「ところで、最近腰はどうなの？」ある晩、鍋《なべ》をつついていたとき、妻が訊いた。

「腰？」意外なことを訊かれたような気がした。

腰か……。そういえば、すっかり忘れていた。

「腰ね、それが……調子いいんだよ！」つい大声をあげてしまった。

妻も犬もきょとんとして私を見ていた。


腰痛探検を始めてから二年近くが過ぎていた。腰痛はときどきは何日もすっかり忘れているほど緩和されていた。

驚くことに、水泳にはこれまでかかった民間療法と西洋医学の先生たちが語っていたエッセンスがすべて詰まっていた。

まず、水泳は姿勢が大事である。水に対していかに抵抗を減らすかが水泳最大のポイントなのだが、そのためには体を進行方向に対してまっすぐにしなければならない。右や左にぶれるのもいけないし、上下動もよくない。

水中で手足を動かしながら体をまっすぐに保つのは大変だ。必然的に腹筋と背筋が鍛えられる。整形外科やＰＮＦが繰り返し説いたことだ。しかも陸上のトレーニングとちがい理論的には腰に負担が全然かからない（実際には下手なスイマーは上下や左右にぶれるから多少負担がかかってしまうが）。

体をまっすぐに保つのと同じくらい大切な、水泳のもう一つのポイントは、「できるだけ体を伸ばすこと」である。

初心者は前に進もうとすればするほど水をがむしゃらに掻《か》く。平泳ぎなら二十五メートルを進むのに二十ストロークくらい掻いてしまう。ところが本当にうまい人はストロークが少ない。七、八回で向こう岸に到達してしまう。

上手な人はまっすぐに伸びている時間が長い。その状態でびよーんと進む。クロールでも背泳ぎでもバタフライでもそれは同じだ。

前に伸びよう、伸びようとすると、比喩でなく体が伸びる。水の抵抗がかかっているところで、頭を伸ばし、前に出した手を伸ばせば、当然体は前後に長く伸びる。

ツー、ツーッと脊椎の一つ一つが伸びるように感じるときすらある。

これは整形外科の「牽引」療法と同じだ。整形では機械で引っ張る。立川クリニックの先生は「椎間板は骨と骨の間が縮まっているから、それを伸ばしてやるのがいちばん自然」と言ったが、機械に引っ張られるより自分で引っ張るほうがなお自然だろう。

長く伸びれば背骨の歪みも治る。ぐにゃぐにゃした針金を想像してもらえばわかりやすい。両手で引っ張れば、かなりまっすぐになる。

中国整体やカリスマではぐにゃっとした箇所を丁寧に修整していたが、椎骨の上と下を思い切り引っ張ってやれば自動的に歪みがとれるわけだ。左右のバランスもとれるようになり、カリスマの言う「バランス異常」も減じることになる。

つまり、水泳は「自力整体」なのである。

水泳おそるべし！

考えてみれば、動きからして当然なのかもしれない。「腰痛になるのは人間だけ」とよく言う。犬も太りすぎると腰痛になるから厳密にはちがうのだが、大筋では間違っていない。なぜかというと、他の動物はすべて背骨と同じ方向に体を移動させる。犬も猫もトカゲも魚も鳥もみんなそうだ。

人間だけが背骨が常に移動方向に垂直になっている。これがひじょうに負担なのだろう。その証拠に「ギックリ腰で起き上がれなくなって、這《は》ってトイレに行った」などと言う。逆にいえば、四つんばいが腰にいちばん負担が少ないということだ。

だが人間も唯一、背骨と同じ方向に移動することがある。

それが水泳なのだ。腰痛にいいのは当然ともいえる。ちなみに私はお年寄りに混じって水中歩行を試したことがあるが、かえって腰が痛くなった。あれは陸上同様、移動方向と垂直に力がはたらく。しかも水中だから陸上よりも腰への抵抗がつよい。水の中では「歩く」方が「泳ぐ」より高度の運動なのかもしれない。

水泳のよいところは筋力強化と背骨の矯正以外にもある。手足の指先まで動かすスポーツなので血行がひじょうによくなるのだ。真冬のあいだも、前年悩まされた手足の冷えがきれいさっぱりなくなっていた。

二年前の自転車旅のときもそうだったが、体を激しく使うせいだろう、毒素が体からどんどん抜けていくのが実感できる。体内の循環がよくなっていく。胃腸の調子もいい。

ミナミ鍼灸院の先生に診てもらったら、きっとかなり良い状態ではないかと思う。

そして言うまでもなく、水泳は薬を飲む必要がない。完璧にナチュラルである。

「治そうと思わない」という点で心療内科の先生の考えにも沿っている。

自暴自棄になって薬をゴミ箱に投げ込み、プールで激しく泳ぐことは、筏からGPSやその他の機材を捨てて大しけの海に身を任せるという捨て鉢な方法だったが、結果的に筏は岸辺に流れついてしまった。

そこは元の輝ける非腰痛世界のすぐそばだった。

エピローグ　腰痛LOVE

この十月で私は四十二歳になった。ブラインドサッカーの悲劇から、つまり本格的な腰痛探検（遭難）を始めてから一年八ヵ月がすぎた。

私は治ったのか。

読者の方々から訊かれれば、残念ながら答えはノーだ。

今でも寝床に七時間以上は続けて横になっていられない。二日酔いでも熱があってもそれ以上寝ていると背中から腰がひどい痛みに襲われて跳ね起きてしまう。普段でも朝起きると痛みがあり、膝を軽く折らないと顔を洗うことができない。前に屈むという姿勢はまだ厳しい。カヌーを一度やってみたらてきめんに痛みがきた。不要な本や資料を片付けようと床に膝をついて何やらやっていると一時間で「いてててて」と悲鳴が出る。山登りも、日帰りのハイキングでさえ翌日は椎間板が軋むような痛みをおぼえる。

ミャンマーの川下りやジャングルウォークはまだまだ難しい。

でも以前とは比較にならないほど楽になった。

日常生活ではほとんど問題がない。電車で立っているのはもちろん、書店の中を二時間くらいうろつくのはなんともない（三時間となると少し怪しくなってくるが）。

朝はウォーキングやジョギングを軽くやっている。少しずつ量を増やしていると ころだが、今のところシリアスな問題は出ていない。

なによりも腰痛のことを考えなくて暮らせるようになった。ときどき「あ、今ちょっと痛いなあ」と思い出すが、他のときは忘れている。まるで腰痛など存在しないかのように。

今、腰痛時代の日記を読み返すと、その執拗《しつよう》さ、細かさに、狂気じみた執着心を感じて驚く。この頃、私は確実にどうかしていた。「腰が痛い」と「早く治さなきゃ」の二つしか考えていない。

まさに腰痛にとり憑かれていた。

これまで治療師の先生方を「彼氏」に喩《たと》えてきたが、ほんとうに私が愛していたのは彼らではなく、腰痛そのものだったのかもしれない。

災厄や危険は意識すると逆にこっちにふりかかってくる。

曲がりくねった峠道などで車を運転しているとき、前から来るトラックに気をつけていると、逆にトラックに吸い込まれそうになることがある。それと同じだ。野球の野村《のむら》監督も選手への指導法でこう言っている。「『ボール球を打つな』という指導はダメ。かえって注意がボール球に行ってしまうから。そういうときは『ストライクを打て』と言わなければ」ネガティヴなものは「避けなければ」という思いが強いだけに、人間の意識を根こそぎ持って行ってしまう。

腰痛はその代表的なものである。

腰痛は辛いと思えば思うほど存在感を増す。治さねばと思うほど、痛みが強くなる。

そういう意味で、腰痛は困った伴侶《はんりょ》であり、手のかかる我が子である。愛すれば愛するほどに苦しみが増す。

私の腰痛の原因はいまだ不明だ。感触としては、半分が整形外科的な問題（椎間板変成など）で、半分が心因性のような気がする。でも実際のところは皆目わからない。

自分がどうするべきだったのかもわからない。

もし私に治療や施術を施した先生がこの本を読んだら、「うちでもう少し続けたらよかったのに……」と苦笑するだろう。腰痛治療を行っている他の先生が読んだら、「うちに来ればよかったのに」とため息をつくだろう。

治療者でなくても、何かの療法の信奉者の人たちも「あー、××療法をやればいいのに」と思うだろう。実際に私は今でもいろいろな人に「こういう療法があるから是非試して下さい！」と熱心に勧められる。

でも何が正解かなんて誰にもわからないのだ。「自分に適した仕事」だとか「自分にぴったりの結婚相手《パートナー》」を探すのと同じだ。何年我慢すればいいのか、何種類試せばいいのか、誰にもわからない。

結局、私は治療を諦めるのと泳ぐことで、腰痛世界の魔窟《まくつ》から脱出したのだが、元の非腰痛世界に戻るまでには至っていない。

いまは密林の端っこに佇《たたず》んでいるようなものだ。町の灯りはわりと近くに見える。ときには知らず知らずにその中に紛れているときもあるが、ふと気づくとやはり森に戻っている。

これが父の言う「いつかはよくなる」という漠然とした状態なのだろう。なるほど、今なら私もスキーくらいできそうだ。

私にとって水泳が腰痛にいいのはたしかだが、万能では決してない。最終的に腰痛が治ったわけじゃないし、誰にも効くとは思えない。

人によって、腰痛はよくなる場所がちがうのだと思う。整骨院でよくなる人もいれば、超能力でよくなる人もいる。治療者と患者の相性もあるだろうし、タイミングというのもあるはずだ。例えば、私のように「絶対に押してはいけない」と刷り込まれたあとで指圧の治療院に行ってもいいことは何もない。

私の感覚では、よい治療院とは上手《うま》いバッターの打率と同じくらいじゃないか。来る患者の三割を楽にできれば「よい治療院」ではないかと思う。イチローのように四割近ければ、相当に腕のいい治療院と言えるだろう。

肝心なことは、何か心身に不具合が生じたとき自分をリセットできる場を持つということだと思う。私は「痛くなったら泳ぐ」というパターンをつくった。泳げば治るまではいかなくても、いつもの状態にリセットされるわけだ。あるいはただそう「信じている」だけかもしれないが、信じることは重要だ。

私の場合はたまたま水泳だが、それが整体院でもＰＮＦでもヨガでもストレッチでも心療内科でもいい。温泉でも飲酒でもいい。安心してリセットできる場があることが大事だ。

リセットの場をつくったら、そこから少しずつ遠くに出かける必要がある。というのは、一つの治療院や先生に頼ると、それがなくなったとき困るからだ。

私も同様。「痛くなったら泳ぐ」という必勝パターンは東京でこそ可能だが、取材先の辺境地ではいかんともしがたい。プールなどまず期待できないし、泳げるような川や海も意外に少ないものだ。

だから「泳ぎ」以外にもせめて「歩き」でもリセットできないか模索している。

人間は過程の生き物である。常に動いている。昨日と同じ私はいない。自分の心身が理想の場所にぴたりと止まることなどない。

体に結果を求めてはいけないのだ。腰痛が完治するというのも大いなる「結果」でありひいては「幻想」である。それを期待して人生の貴重な時間を過ごすのではなく、「まあ、今はこんなもん」と常に思うことが大切だ。よくなってしまえば儲け物くらいの感覚で、でも前に歩きつづける。期待せず、諦めず。

腰痛論は人生論でもある。

それから一ヵ月後。

私は白いシーツのかかった寝台にうつぶせによこたわっていた。静かな部屋にはヒーリング系の音楽がゆったりとかかっている。

「はい、力を抜いて下さい」

先生が上から声をかける。私はふーっと息をついて力を抜こうとする。先生は腰を押していた手をゆるめた。しばらくして、「ふん、ふん、ふん！」と激しく鼻を鳴らす音が聞こえてきた。

「何をしてるんですか」下を向いたまま、先生に訊ねた。

「気を発しているんです。気をね、私の額から高野さんの腰に発射してるんです」

「気を発射、ですか？」

「そう。ビームみたいにね」

私には何も感じられないのだが、高度な技が背中で繰り広げられているらしい。

腰痛は和らぐどころか、だんだん痛みを増しているように思えるのだが気のせいだろうか。いや、気はいま発射されているから、えーと……。

治そうと思ってはいけないと言いつつ、「すごい先生がいる」と紹介されると我慢ができなかった。またしても一回三万円の気功師のところに来てしまった。

腰痛は愛。なかなか私をとらえて離さない。

文庫あとがき

本書の著者は頭がおかしい——。

久しぶりに原稿を読み返して、率直にそう思った。

腰痛治療に明け暮れていたときは朝から晩まで腰痛のことしか考えられず、まったくもってどうかしていた。それが水泳のおかげで一段落し、原稿を書き始めた。当時自分としては冷静に振り返っていたつもりだったが、今読めば、文体が異常だ。

今度は「腰痛」でなく「腰痛人間のことを世間に知らしめたい」という執着にとらわれてしまったようだ。腰痛はどうにもしつこい。というより、私に問題があるのかもしれないと初めて思い当たった。

さて肝心の私の腰痛だが、今ではなんというか、言いにくいのだが、ほとんど治ってしまったような気がする。去年は水泳のマスターズ大会でバタフライなど四種目に出たし、今年はサハラ砂漠を42．195キロ走る「サハラマラソン」にも出場、記録はともかく完走した。ヒマラヤの山岳地帯を三週間歩いたりもした。

いずれも腰には何の違和感もなかった。

今でも長い時間、しゃがんで草むしりなんかをしたり、体に疲れがたまったりすると腰が痛くなるが、「それは誰でもそう」と言われる。

史上初の「腰痛が治らない本」を目指していたのに、結果的にはやっぱり従来の「治る本」の枠におさまってしまった。不本意だが、腰痛も人生同様、先が見えないものだからしかたがない。

本文中に登場する治療院・病院に関する記述について一言記したい。

本書は「いかに治るか」を書いた本ではない。治療院や病院にしても、腰痛人間の心理を追う舞台背景として登場してもらっただけで、そこが「効く」とか「効かない」とか言うつもりは微塵《みじん》もない。

というわけで、治療院・病院は基本的に仮名とし、所在地は実際のものと変えた。各治療院の療法も名称を変えた。読者のみなさんはくれぐれもそれがどこの治療院・病院なのか追求なさらぬように。

唯一、悩んだのはＰＮＦだ。すでにアメリカでは知られた療法であり、著名アスリートやダンサーがその効果を公に認めている。「カイロプラクティック」や「足裏マッサージ」同様、一般名詞に近いものと考え、実名にすることにした。私自身、ＰＮＦは役に立ったと思う。今でも毎日、ＰＮＦで習ったポイントを思い出して、姿勢矯正に努めている。

最後になったが、担当編集者の伊礼春奈《いれいはるな》さんには腰痛人間真っ最中時代から腰痛原稿を書き上げるまで長いことお世話になった。さぞかしお疲れになったことだろう。感謝です。

それから私の愚痴をひたすら聞き続けてくれた妻と、私の腰に振り回された全ての先生方に心よりお礼申し上げます。

二〇一〇年十月

高野秀行

解説

東えりか

ぎっくり腰を初めて経験したのは二十代後半のことであった。西洋では「魔女の一刺し」と呼ぶのだそうだが、正に一撃で動けなくなった。

中学・高校と部活はスポーツ漬けだった。足は遅いけど勘だけはするどいので、卓球、バレーボール、スキー、スケート、スキューバダイビングと意外となんでもこなしていた。結婚したあと、少しずつ太りだしたのは感じていたが、仕事が変わりデスクワークになった途端、風船に空気が入るように文字通り膨れ上がった。一年で十五キロ増。そしてある日、キャスター付きの椅子《いす》に座って、後を振り返ったときにそいつは来た。

床の上にへたり込み、四つん這《ば》いになったがそれ以上はどうすることも出来ず、人の手を借りて車に乗り込み、死ぬ思いで自宅までたどり着き、うつ伏せで三日間転がっていた。整骨院で整体を受け鍼《はり》治療でその場は良くなったが、数ヵ月後、二度目を程なく経験し、これはいかんと痩《や》せることを決意した。それと同時にスポーツクラブに入会し、一年で十八キロの減量に成功、二十年以上経《た》っても体重・体型とも変わらず、それ以来ぎっくり腰も出なくなった。

腹筋と背筋を鍛えること。誰《だれ》もが腰痛になったとき、医者から言われることだ。私の場合は、軽い椎間板《ついかんばん》ヘルニアと診断され、治療の結果よくなったが、原因不明と診断され治らなければ、どんなに心細いことだろう。

さて、本書『腰痛探検家』は「小説すばる」に連載された作品の文庫オリジナルになる。著者の高野秀行は「辺境小説家」と自称し、早稲田《わせだ》大学在学中、探検部の面々十一人とコンゴに謎《なぞ》の動物を探しに行った物語『幻の怪獣ムベンベを追え』（PHP出版）が、物書きとしてのデビュー作となった。一九八八年のことである。私はこの本のあまりの面白さに続刊を待ち続けていたが、もはや名前も忘れかけた二〇〇三年、奇特な編集者との出会いによって『幻獣《げんじゅう》ムベンベを追え』（集英社文庫）と改題され出版された。私のようにこの物語を忘れられなかったひとりに、解説を書いた宮部《みやべ》みゆきさんがいる。実は担当編集者は違う人物に解説を頼んでいたそうだが、打ち合わせの際何かの拍子でムベンベの話となり、宮部さんがあまりに熱くこの本について語るので、急遽《きゅうきょ》、解説者を変更した経緯があったそうだ。

その一件がはずみとなり、ミャンマーやアマゾン、インドにアフリカと世界の僻《へき》地《ち》を股《また》にかける活躍が人気を呼び、エンタメノンフ（エンターテイメント・ノンフィクション＝小難しいノンフィクションじゃなくて、単に楽しいけど、真面目《まじめ》な作品を称してこう呼ぶ）界の星となった。

本人の探検話もさることながら、高野の周りにはなぜかネタになりそうな人物が屯《たむろ》っている。類は友を呼ぶというのか、同性相親しむというか、ユニークで個性的な人がいつの間にか集っている。その人間の輪がまた別の物語に繋《つな》がっていく。高野が描く世界は未知のものを求める人々で成り立っている。

このように、どちらかといえばワイルドな印象を持たれる事が多い高野と腰痛はうまく頭の中で結びつかない。しかし本書を読むと、その苦しみ辛《つら》さ、心細さは尋常なものではなかっただろう。本格的な発病から三年半、様々な治療を続けては止め、あらたな治療法を探し続ける腰痛さすらい人であった。寝ても醒《さ》めても腰痛に苦しめられる。その思いは、少しだけ理解できる。

世の中には、腰痛に苦しんだことがない人のほうが少ないのではないだろうか。とくにこの業界、座業で、手書きであれパソコン・ワープロであれ、ひとつの姿勢を継続して何時間も続けていれば、腰痛にならないほうがおかしい。辺境に行くのが仕事の高野とはいえ、お金を稼ぐにはその体験を文章にしなければ口が干上がる。若い頃《ころ》からのツケも溜《た》まっていたのだろう、年のせいもあるだろう、それが一気に腰にきたわけだ。

意外に思われるかもしれないが、高野秀行という人は、実は非常に常識人で真面目である。辺境を放浪しつつ、危険を回避しその地の人々とコミュニケーションを取るためには、誠実なのが一番だ。語学を身につけるのも、最善の取材を怠らないのも、石橋を叩《たた》いて渡るが如《ごと》く緻密《ちみつ》に行っている。そうやって調べることが好きなこともあるだろう。腰痛についても同じように調べまくり、人に聞きまくる。正に、腰痛を探検し続ける。まあ、その素直さこそが、実は三年半の長きに亘《わた》って自身を苦しめることになろうとは、さすがに思わなかっただろう。

手帳に毎日つけている日記にも腰痛の状況を記し、様々な名医に出向いていく。そしてその先生の言うことをきちんと聞いて守る。何度行っても改善されず、少し疑い始めても「もう一度だけ」と通い続ける。治療の成果が出ないと、自分のやり方が悪いのではないか、ガンバリが足りないのではないか、と悩む。どうしてもダメだと病院を変えても、前の先生の悪口を聞くと、ムキになって庇《かば》ってしまう。魔女の一刺しにあっているのに悪女の深情け状態なのは、やはり生真面目だからだろう。本書は情けない悲鳴の連続だが、多分、そのときはええかっこしいで、泣き言もあまり言わなかったに違いない。

何しろ調べることが好きだから、治療法の由緒や歴史も調べ上げる。そのうち、女子と男子のロマンの違いにまで考えが及び、いつの間にか腰痛から離れ、いかんいかんとまた舞い戻ることの繰り返し。カリスマやら名医から「もうどこも悪くない」と太鼓判を押されても、痛いものは痛い。最悪のことが頭を過《よ》ぎる。膠原病《こうげんびょう》？ がん？ 骨髄腫瘍《こつずいしゅよう》？ 落ち込みのスパイラルはどこまでも続き、深く静かに沈んでいく。同じような原因不明の腰痛仲間に出会うと訳もなく嬉《うれ》しい。思わず、自分には効かなかった名医を紹介したりするのだ。

西洋医学も民間療法も効かなければ、あとは自力で治すしかない。高野には大変聡明《そうめい》な奥さんがいる。彼女に勧められて始めた理学療法は、誰もが知っている「腹筋と背筋を鍛えること」であった。治療ではなくレッスン。そういえば、私が腰痛を克服したのも地道なレッスンの積み重ねであった。ようやくここにたどり着いたのね、と安堵《あんど》したのもつかの間、彼の身体《からだ》は絶望的に筋肉が弱いことを知る。辺境作家って探検もするのにそれでいいのか、と少し腹が立つ。それでもあくまで真面目なこの作家は、少しずつ姿勢を直し、サルのようだった立ち姿を人間に近づけていく。しかし腰痛は治らない。治らなければ、続ける意味はない。どこまで続く暗《くら》闇《やみ》ぞ……

腰痛で苦しんだ小説家の貴重な体験記に、夏樹静子《なつきしずこ》の『私の腰痛放浪記　椅子がこわい』（文春文庫）がある。本書でも一部取り上げられているが、第一線で長く活躍していた作家がある日腰痛で動けなくなる。大げさではなく、日本中の名医を訪ねても痛みは軽減しない。自殺を考えるほどの痛みに耐え、最終的に原因として結論に至ったのは「心因性」、要するに心身症の一種だったのだ。この本の発表当時、心因性の腰痛は日本ではあまり一般的な診断ではなかったが、原因不明の多くの腰痛が、心の病からきていることが今では認められている。

痛みは感じるものである。それが心因性とは俄《にわ》かに信じられないが、どんな治療法をもってしても治らない痛みに高野も「心の病かも」と思い出す。そして飛び込んだ先の医者がいい味なのだ。いや、本人にとっては歓迎すべき相手ではないにしろ、読んでいるこちらは可笑《おか》しくてたまらない。やはり、彼には特殊な人を引きつけてしまう、不思議な磁石があるようだ。ま、結局、腰痛は治らなかったのだけれども。

本格的な治療を開始して一年八ヶ月。高野の現状はこの本で確認してもらいたいが、周りを見渡せば、たくさんの腰痛患者が蠢《うごめ》いている。私の夫も数年前、ひどい腰痛に苦しめられたことがあった。近くの整形外科では原因が判《わか》らず、いくつかの病院を渡り歩き、最終的には順天堂《じゅんてんどう》大学の附属病院で「脊椎間狭窄症《せきついかんきょうさくしょう》」と診断された。判るまでの三ヶ月間、高野と同じように原因不明の不安と戦っていたが、ペインクリニックに通って神経ブロックを受け、信頼できる鍼灸師《しんきゅうし》と出会い、今では普通の生活が出来るようになった。

ですから、高野さんの奥さん、お互い、亭主元気で留守がいいをモットーに腰痛に気遣いつつ、うまく操っていきましょう。もちろん、自分たちの腰も気をつけなくては。

本書は文庫オリジナルです。
初出　「小説すばる」二〇〇九年一〇月号〜一〇年三月号
日本音楽著作権協会（出）許諾第一〇一三四六七－九〇三号

集英社文庫

腰痛探検家《ようつうたんけんか》

2010年11月25日　第1刷　　定価はカバーに表示してあります。
2019年10月23日　第3刷

著　者　高野秀行《たかのひでゆき》
発行者　徳永　真
発行所　株式会社　集英社
東京都千代田区一ツ橋2-5-10　〒101-8050
電話　【編集部】03-3230-6095
【読者係】03-3230-6080
【販売部】03-3230-6393(書店専用)

印　刷　凸版印刷株式会社
製　本　凸版印刷株式会社

フォーマットデザイン　アリヤマデザインストア　　マークデザイン　居山浩二

ISBN978-4-08-746635-5 C0195